KU-778-778

Newport Community Learning &
Libraries

X030056

The item should be returned or renewed by the last date stamped below.

Dylid dychwelyd neu adnewyddu'r eitem erbyn y dyddiad olaf sydd wedi'i stampio isod

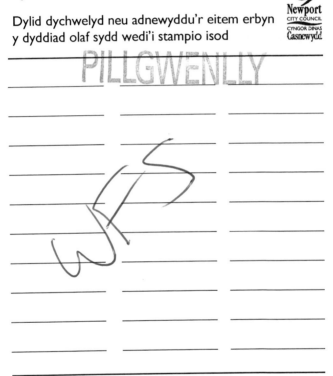

PILLGWENLLY

To renew visit / Adnewyddwch ar
www.newport.gov.uk/libraries

Pren a Chansen

*"y gansen gei di am ddeud gair
yn Gymraeg . . ."*

Myrddin ap Dafydd

Gwasg Carreg Gwalch

Argraffiad cyntaf: 2018

(h) testun: Myrddin ap Dafydd 2018

Cedwir pob hawl.
Ni chaniateir atgynhyrchu unrhyw ran o'r cyhoeddiad hwn,
na'i gadw mewn cyfundrefn adferadwy, na'i drosglwyddo
mewn unrhyw ddull na thrwy unrhyw gyfrwng, electronig, electrostatig,
tâp magnetig, mecanyddol, ffotogopïo, recordio, nac fel arall,
heb ganiatâd ymlaen llaw gan y cyhoeddwyr, Gwasg Carreg Gwalch,
12 Iard yr Orsaf, Llanrwst, Dyffryn Conwy, Cymru LL26 0EH.

Rhif Llyfr Safonol Rhyngwladol:
978-1-84527-642-3

Cyhoeddwyd gyda chymorth Cyngor Llyfrau Cymru

Dylunio: Eleri Owen
Llun clawr: Chris Iliff
Tud 3: Ysgol Maestir, Amgueddfa Werin Sain Ffagan
Tud 4: Y Welsh Not a ganfuwyd yn Ysgol y Garth, Bangor
drwy garedigrwydd Amgueddfa ac Oriel Storiel, Bangor

Cyhoeddwyd gan Wasg Carreg Gwalch,
12 Iard yr Orsaf, Llanrwst, Dyffryn Conwy, Cymru LL26 0EH.
Ffôn: 01492 642031
Ffacs: 01492 642502
e-bost: llyfrau@carreg-gwalch.cymru
lle ar y we: www.carreg-gwalch.cymru

Argraffwyd a chyhoeddwyd yng Nghymru

Mae'r nofel hon wedi'i hysbrydoli gan hanes Owen Jones o
Langernyw a gafodd y gansen am siarad Cymraeg
gyda'i frawd bach, Robert Ellis,
ar ei ddiwrnod cyntaf yn Ysgol y Llan,
ond ffrwyth y dychymyg yw llawer o'r digwyddiadau
a'r cymeriadau eraill sydd ynddi.

Ysgol Maestir, Amgueddfa Werin Sain Ffagan

Y 'Welsh Not' a ganfuwyd yn Ysgol y Garth, Bangor

Prolog

Ysgol y Garth, Bangor, Gorffennaf 1902

"Hei, mae hi'n amser paned, Samson. Gad y coed 'na a ty'd i'r gornel at yr hogia!"

Mae criw o adeiladwyr yn cael saib ganol bore oddi wrth eu gwaith cynnal a chadw yn Ysgol y Garth, Bangor. Codi hen styllod pren wedi pydru yn llawr yr ystafell ddosbarth y mae'r llanc sy'n cael ei alw yn 'Samson' gan y giang. Mae'n hogyn cryf ac yn trin y trosol yn ddeheuig wrth glirio llanast Oes Fictoria er mwyn gosod darnau newydd yn y llawr.

Mae'n wyliau'r haf ac er nad oes plant yn yr ysgol, mae'r 'sgwlyn' yn ei swyddfa yn clirio'i ddesg. Wedi saith mlynedd ar hugain o fod yn brifathro yn Ysgol y Garth, mae Llew Tegid yn mynd i weithio i'r brifysgol. Ond yn ôl yn yr ystafell ddosbarth, mae Samson yn methu'n lân â rhoi ei arfau gwaith o'r neilltu am ennyd.

"Ty'd yn dy flaen, was. Mi all hwn'na aros, fedar o ddim?" galwodd Eben, ei bartner gwaith.

"'Mond codi hon wrth ddesg yr athro, yli," atebodd Samson. "Fawr o dro – mae hi 'di pydru – edrych ar y twll yma sy ynddi."

Cleciodd yr hoelion wrth i'r astell godi o'i lle.

"Dowcs!" meddai Samson. "Mae 'na rywbeth dan y llawr fan hyn."

Mae'n ymbalfalu rhwng trawstiau'r llawr ac yn codi darn o bren llychlyd o'r gwaelodion.

"Edrych ar hwn, Eben!"

"'Mond darn o bren ydi o, Samson. Mi fasa'n handi i'w roi o dan y tebot poeth yma ..."

"Na," meddai Samson, gan ysgwyd y llwch oddi arno gyda'i law fawr. "Mae yna ryw lythrennau arno fo ...W ac N. Be mae o'n da o dan y llawr yn fan'ma, meddet ti?"

"Mae'r banad 'na'n oeri, Samson ..."

"Gad imi weld," galwodd Idwal Dal Ysgol, un arall o'r adeiladwyr sy'n cael paned yn y gornel. Mae'n hŷn ac yn fwy pwyllog na'r gweithwyr ifanc, ond yn dipyn o hen ben.

O'r diwedd, mae Samson yn gadael ei drosol ac yn dod â'r pren i'w ddangos i Idwal.

"Wn i'n iawn be ydi hwn," meddai Idwal, gan droi ei wyneb i'w ddangos i'r hogiau. "Welwch chi'r llythrennau W ac N yna? Welsh Not ..."

Ar hynny, dyma Llew Tegid i mewn i'r ystafell ddosbarth.

"Dim ond dod i ddeud fod yn rhaid i mi bicio i'r brifysgol am gyfarfod am ryw awr," meddai wrth y gweithwyr. "Popeth yn iawn, yndi? Mae ganddoch chi bopeth dach chi'i angen?"

"Oes, tad," atebodd Idwal. "Mwy na digon. Fyddwn ni wedi cau'r twll yna yn y llawr cyn cinio, ond ylwch be ddaeth i'r golwg o dan y styllod."

Daeth Llew Tegid ato i dderbyn y pren llychlyd.

"Uffen!" meddai'r prifathro wrth sylweddoli beth oedd yn

ei law. Un pwyllog a rhadlon iawn o ardal y Bala oedd Llew, ond pan fyddai rhywbeth yn ei gynhyrfu, byddai tafodiaith ei hen ardal yn dod i'r wyneb yn syth.

"Be ydi'r holl helynt 'ma am ddarn o bren?" holodd Eben.

"Weli di'r twll yma yn ei dop o fan'ma?" meddai Idwal. "Roedd y sgwlyn yn rhoi cortyn drwy hwnnw i greu dolen, ac os byddai plentyn yn siarad Cymraeg yn yr ysgol ..."

"... roedd o'n cael y Welsh Not am ei wddw. Glywais i am hyn," meddai Samson.

"A'r olaf fyddai'n ei wisgo ar ddiwedd y dydd yn cael cansen," meddai Idwal wedyn.

"Gawsoch chi gansen am wisgo peth fel hyn yn yr hen ddyddiau, Idwal?" gofynnodd Eben.

"Do. Lawer gwaith. Yn y Borth, dros y bont yn sir Fôn oedd fy hen ysgol i. Roedd hi'r un fath ym mhob man yr adeg honno."

"Melltith o beth, hogie," meddai Llew Tegid. "Mi gafodd cymaint o blant eu cam-drin. Roedd ganddyn nhw gywilydd eu bod nhw'n siarad Cymraeg."

"Fuoch chi'n rhoi hwn am wddw un o'r hen blant, Mistar?" gofynnodd Eben i'r prifathro.

"Erioed. Mae rhyw athro neu athrawes ddienw wedi gwneud cymwynas fawr â'r ysgol yma drwy daflu'r sglyfeth peth o dan y llawr cyn i mi gyrraedd yma, diolch byth."

"Y twll yn y styllen!" torrodd Samson ar ei draws. "Mae'n siŵr mai stwffio'r pren drwy'r twll wrth ddesg yr athro wnaethon nhw."

"Eitha peth, hefyd," meddai Llew Tegid. "Mae yna newid

mawr ar droed ym myd addysg Cymru erbyn hyn."

"Be wna i?" gofynnodd Idwal. "Ei daflu ar y goelcerth pan fyddwn ni'n llosgi'r hen styllod acw?"

Mae'r prifathro yn oedi.

"Na," meddai toc. "Mi gadwa i hwn, diolch yn fawr. Dydi'r hen arfer budur ddim wedi diflannu o'r tir yn llwyr eto. Mae angen inni gofio am y ffordd gawson ni'n trin. Fedrwch chi ddim rhoi cweir i blant am siarad Cymraeg a disgwyl inni gau ein llygaid i'r hanes."

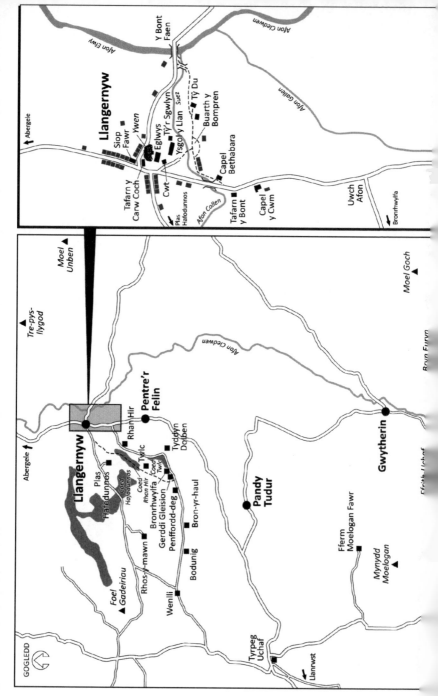

GOGLEDD

Llangernyw

Moel Unben ▲

Tre-pys-llygod ▲

Abergele ←

Foel Gadeiriau ▲

Plas Hafodunnos

Coed Hafodunnos

Coed Rhan Hir

Rhos-y-mawn

Bronrhwylfa

Gerddi Gleision

Penffordd-deg

Bron-yr-haul

Bodunig

Twlc

Coed Twlc

Tyddyn Dolben

Rhan Hir

Pentre'r Felin

Afon Cledwen

Wenlli

Tyrpeg Uchaf

Llanwst ←

Pandy Tudur ●

Fferm Moelogan Fawr

Mynydd Moelogan ▲

Ffrith Uchaf

Gwytherin ●

Moel Goch ▲

Bryn Euryn

Llangernyw

← Abergele

Afon Elwy

Y Bont Faen

Afon Cledwen

Siop Fawr

Ywen

Eglwys

Ty'r Sgwlyn

Tŷ'r Llan

Suez

Tŷ Du

Buarth y Bompren

Ysgol Y Llan

Tafarn y Carw Coch

Cwt

Capel Bethabara

Plas Hafodunnos →

Afon Collen

Tafarn y Bont ■

Capel y Cwm

Uwch Afon

Bronrhwylfa →

Afon Gollen

Rhan 1

Llangernyw, Awst 1904

Pennod 1

Dod adref o'r afon ar ddydd Gwener olaf gwyliau'r haf roedd Now a finnau pan welson ni Nain Beic yn dod i'n cyfarfod ar wib. Breciodd yn galed nes bod yr olwyn ôl yn codi cawod o gerrig mân. "Ystlum!" meddai, a 'chydig o wefr yn ei llais.

"Be ydi'r cwestiwn, Nain?" gofynnodd Now. Mae Nain Beic yn hoffi gofyn cwestiynau i drio'n dal ni byth a hefyd. Pethau fel 'Sut mae'r llythyren A yn debyg i lwmp o lo? Am ei fod yng nghanol tân!"

"Na, nid hen lol ydi hyn, Now. Mae yna ystlum yn y Gerddi Gleision acw. Mae'n hedfan rownd a rownd a fedra i ddim ei gael o i weld y drws."

"Be dach chi isio i ni 'i wneud, Nain?" gofynnodd Now. Gerddi Gleision ydi enw bwthyn Nain. Mae'n byw y drws nesaf i ni yr ochr draw i Goed Twlc uwchben Llangernyw.

"Dod â hon'na." Mae Nain yn pwyntio at y rhwyd yn llaw Now.

"Ond rhwyd bysgota ydi hon, Nain."

"Mi wnaethon ni ddal tri brithyll yn y Suez, Nain." Mae'n rhaid i mi gael deud fy mhwt.

"Ac mi roddodd Mrs Roberts Gweinidog swllt a chwech i ni amdanyn nhw. Ylwch!" a dangosodd Now'r arian gloyw yn ei ddwylo.

"Mae Mam yn cael rheiny i helpu i dalu am le i Jac yn dre." Mae Jac ein brawd mawr ni yn aros mewn tŷ yn Stryd Ddinbych, Llanrwst, yn ystod dyddiau'r ysgol.

"Chdi â dy Suez, Bob!" meddai Nain. "Ydach chi'n gwbod lle mae Suez?"

"Tric ydi hyn, Nain?" gofynnaf i. "Y darn syth yna o afon o dan y fynwent ydi'r Suez, siŵr iawn."

Mae hi'n gul a gwastad yn yr haf fel hyn. Mae o'n lle am frithyllod. Bydd Now yn mynd i'r pen uchaf lle mae'r afon yn culhau ac yn dyfnhau ac yn dal y rhwyd gron sydd ganddo ar ei ffon yn sianel y dŵr. Rydan ni'n codi cerrig bob ochr iddi fel bod yn rhaid i'r dŵr lifo drwy'r rhwyd. Wedyn dwi innau'n mynd i'r pen isaf, ochr y Bont Faen, ac yn cerdded i fyny'r Suez yn creu sblashys efo 'nhraed a phrocio o dan y glannau efo fy mhastwn. Mae hynny'n gyrru unrhyw bysgod sy'n llechu yno yn syth i rwyd Now.

"Nid y Suez honno dwi'n ei feddwl, y lemon!" meddai Nain gan chwerthin. "Ar wahân i yma'n Llangernyw, lle mae'r Suez go iawn – wyddoch chi?"

"Yn yr Aifft, Nain." Mae Now yn ddeg oed – ddwy flynedd yn hŷn na fi – felly mae o'n un da i'w gael ar eich ochr chi pan fydd yna gwestiynau fel hyn. "I'r llongau gael mynd drwodd i'r Indian Ocean, yndê, Nain? Dach chi isio i mi restru'r gwledydd – the British Empire Territories east of Suez ichi?"

"Na, cadwa rheiny nes fyddi di'n ôl yn yr ysgol wythnos

nesa, 'ngwas i. Pethau Mr Barnwell y sgwlyn ydi'r rheiny. Ylwch golwg arnoch chi – dach chi fel dau bysgodyn eich hunain!"

Rŵan mae Nain Beic wedi sylwi ein bod ni'n wlyb o'n canol at ein traed. Ond dyna fo, fedrwch chi ddim mynd i'r afon a gwagio'r Suez o frithyllod heb gael trochfa go lew.

"Wyddoch chi be wnaeth Mrs Roberts Gweinidog ofyn inni pan wnaethon ni gnocio ar ei drws ffrynt hi i ofyn os oedd hi eisiau pysgod, Nain?"

"Be ofynnodd hi, 'ngwas i?"

"Ydyn nhw'n ffresh? A ninnau'n wlyb diferol ar ei llechan drws ffrynt hi!"

"A wyddoch chi be ddweudodd Now, Nain?" meddwn innau, yn cael fy mhwt i mewn. "'Wel, pa mor ffresh dach chi eisiau nhw, Mrs Roberts?' 'Mond dau funud cyn hynny roeddan ni wedi'u dal nhw!"

"Fuoch chi ddim yn ddigywilydd efo Mrs Roberts, naddo, hogia?"

"Naddo, Nain."

"Na, dwi'n siŵr na fuoch chi. Dach chi'n hen hogia iawn. Reit, am yr ystlum yna. Wyt ti'n meddwl y medri di ei rwydo imi, Now?"

"Medra, Nain."

"A mi wna innau ei hel o i mewn i'r rhwyd efo 'mhastwn, fel dwi'n ei wneud efo'r pysgod yn y Suez, ia Nain?"

"Ia siŵr, mae'n rhaid imi wrth y ddau ohonoch chi, debyg iawn. Reit, heliwch eich traed rŵan."

Mae Nain yn troi'r beic ac yn pedlan yn ôl heibio'n tŷ ni – Bronrhwylfa – at fwthyn Gerddi Gleision, sydd rhyw led buarth a chae bach yr ochr bellaf iddo. Mae Mam yn ymuno â ni wrth giât tŷ ni ac felly mae pedwar ohonom erbyn cyrraedd drws tŷ Nain.

"Well i chi'ch dau sychu yn gynta, hogia?"

"Na, does 'na ddim amser i'w golli," mynnodd Nain Beic. "Dwi ddim isio'r ystlum bach yna fynd i glwydo yng nghefn y cloc neu rywle arail, a fflapian rownd fy ngwely i ganol y nos."

I mewn â ni drwy'r drws bach i'r bwthyn hir. Hyd yn oed ar noson o haf fel hyn, mae'n eithaf tywyll y tu mewn. Ond mae'n hen ddigon golau inni weld bod cysgod du yn cylchu'r ystafell, yn agor a chau'i adenydd ac yn hedfan rownd a rownd fel creadur o'i gof.

Mae'r pedwar ohonom yn sefyll yn ffrâm y drws yn rhyfeddu at ei symudiadau am funud. Dydw i erioed wedi gweld ystlum mor agos â hyn o'r blaen. Mae'n agor a chau, agor a chau ei adenydd – ond dydi'r rheiny ddim yn rhai hirgul, siapus fel rhai gwennol. Maen nhw'n debycach i gynfasau duon ar lein ddillad, gyda phegiau yma ac acw yn eu dal yn eu lle.

Dydi'r creadur bach ddim yn gwneud smic o sŵn gyda'i adenydd, ond mae rhyw 'glic' uchel, hir yn dod ohono bob hyn a hyn. Mae'n swnio'n ofnus. Mae'r lle'n ddiarth, mae'n amlwg. Mae'r creadur ar goll a dydi o ddim yn medru gweld ffordd allan.

"Amdano fo 'ta, Now!" meddai Nain Beic. "Ond gofala beidio â'i frifo fo!"

Mae Now yn camu i'r ystafell ac yn mesur at y to gyda'r rhwyd. Gan fod y nenfwd yn isel, mae'n gorfod gafael yn is i lawr ffon y rhwyd. Mae'n ei chodi ac yna, 'chwap' wrth i'r ystlum ddod rownd yr ystafell amdano. Ond yn rhy hwyr.

Mae'r creadur bach du yn hedfan o'i flaen.

"Eto, Now!" mae Nain Beic yn ei annog.

Daw'r ystlum heibio eto, ond mae Now yn methu eto. Dydi'r ystlum ddim fel petai'n ffoi rhag y rhwyd, dim ond agor a chau'i adenydd a throelli'n gyson o amgylch y lle.

Dwinnau'n mynd at ochr arall y bwrdd ac yn dechrau chwifio fy mhastwn. Ond dydi'r ystlum ddim yn cymryd unrhyw sylw o'r chwifio gwyllt a ddaw'r pastwn ddim yn agos at ei daro chwaith. Mae hyn yn hollol wahanol i bysgota yn y Suez, a'r ystlum bach yn dal i gadw at ei lwybr crwn ei hun o amgylch y gegin.

Yna'n sydyn, dydi'r ystlum ddim yno.

"Lle'r aeth y creadur?" holodd Mam.

"Wedi blino mae o, mae'n siŵr," meddai Nain. "Mae'n rhaid ei fod o'n clwydo yn rhywle."

"Am y ffenest yr aeth o, dwi'n meddwl," meddaf innau.

Wrth glosio at y ffenest, dyna lle mae'r ystlum yn crafangu ar y llenni.

"Pwy sy'n ddigon o ddyn i afael ynddo fo?" gofynnodd Nain.

Wel, mae Now a finnau wedi arfer gafael mewn pysgod llithrig ac ambell gwningen. Ond mae hwn yn edrych fel llygoden sy'n medru hedfan.

"Edrychwch sut mae o wedi cau ei adenydd amdano fel côt sgleiniog," meddai Mam.

Mae'r creadur yn edrych yn rhy wahanol, rhy arallfydol i'w gyffwrdd. Lle mae dechrau cael gafael arno? Ac eto, dim ond cymaint â dwrn bachgen tair oed ydi o. A dwi'n hogyn mawr wyth oed erbyn hyn!

"Y rhwyd!" meddai Nain. "Dal y rhwyd dros y llenni yn fan'ma, Now. Wedyn mi ysgydwn y llenni a'i ollwng o i mewn iddi."

Mae cylch y rhwyd bysgota ar y llenni bellach. Mae Nain yn codi godrau'r llenni a Now yn troi'r rhwyd i ganlyn hynny. Pan mae'r rhwyd yr ochr isaf a'r llenni yn uwch na cheg y rhwyd, mae Nain yn ysgwyd cefn y llenni a rhyddhau'r ystlum nes bod hwnnw'n disgyn i'r trap. Mae Now yn cau ei ddwrn am ran uchaf y rhwyd fel na all yr ystlum ddianc.

"Ty'd â fo allan inni gael ei weld o'n iawn," meddai Nain Beic.

Mae'r pedwar ohonom yn craffu ar y creadur. Rhyw drwyn fel mochyn bach debyg i'r rhai sydd gennym ni yn y twlc ym Mronrhwylfa sydd ganddo. Mae sglein fel esgidiau newydd ar ei adenydd – yn fwy fel lledr na phlu adar. Llygaid bach, bach cochlyd a chlustiau go fawr, o ystyried maint ei ben.

"Ych! Meddyliwch tasa fo wedi mynd yn sownd yn fy ngwallt i," meddai Mam.

"Coel gwrach ydi hon'na," meddai Nain.

"Mae o'n hollol ddall mae'n debyg, yn tydi?" meddai Mam.

"Na, mae o'n medru gweld gystal â chi a finnau," atebodd Nain Beic. "Coel gwrach ydi hon'na hefyd. Ond gan ei fod yn hela yn y nos, dydi llygaid fawr o ddefnydd iddo fo."

"Mae o'n methu gweld lle mae o'n mynd yn y nos, felly?" gofynnodd Now.

"Wel, gweld drwy sŵn mae o," esboniodd Nain. "Mae ganddo fo ryw wich-glic ac mae'n gwrando ar yr adlais. Mi all wbod lle mae pry ugain llath i ffwrdd heb ei weld."

"Ond doedd o ddim yn gwbod lle roedd y drws yn amlwg!" meddai Mam.

"Wedi drysu mewn lle diarth, mae'n siŵr," meddai Nain. "Yn y coed mae'i le fo. Welwch chi rwbath tebyg i bedol ceffyl ar flaen ei drwyn o? Ystlum pedol bychan ydi hwn, ac mi all ddal hyd at dair mil o wybed mân bob nos – wyddoch chi, y piwiaid bach 'na sy'n brathu pan fydd yr haul wedi mynd i lawr. Mi fasan ni'n cael ein bwyta'n fyw oni bai am wasanaeth y creadur bach yna a'i deulu."

"Glywis i y wich a'r glic yna," meddwn innau.

"Dychmygu oeddat ti siŵr, Bob," meddai Mam.

"Na, mae plant dan ddeg oed yn medru'u clywed nhw," meddai Nain. "Mae'u clustiau nhw ddigon main."

"Hoy! What are you doing with that fishing net? What have you two rascals been up to?"

Chlywson ni mohono'n dod ar hyd y ffordd. Mac, cipar y plas, sydd yno. Roedd wedi dod i fyny'r llwybr troed heibio Tyddyn Twlc heb inni ei glywed. Dyn blin ar y gorau. Mae'n edrych yn hanner lloerig ar hyn o bryd – ei wyneb cyn goched â'i wallt. Mae ganddo hen wyneb creithiog gyda rhyw groen sych ar draws ei foch chwith ac i lawr am ei glust a'i war. Pan fydd yn gwylltio, mae'r croen sych yma'n troi'n biws a melyn, gan wneud iddo edrych yn ddychrynllyd o hyll a pheryglus.

Dyna'n union sut mae Mac yn edrych y foment hon.

Pennod 2

"Now I've caught you, you little poachers! Let me see that fish you've got in that net."

Daw Donald MacDonald y cipar – a rhoi iddo'i enw llawn – i mewn drwy giât Gerddi Gleision fel petai'n berchen ar y lle. Wel, mewn ffordd mae'n siŵr ei fod gystal â bod yn berchen ar y lle hefyd, oherwydd gweithio i'r meistr tir ym Mhlas Hafodunnos y mae Mac. Mae'n magu'r ffesantod, yn difa llwynogod a phiod ac adar ysglyfaethus eraill – ac yn cadw llygad ar botsiars yr ardal, wrth gwrs.

Mae'n dal i weiddi nes bod poer yn tasgu dros ei locsyn coch, ond dydw i ddim yn dallt y geiriau oherwydd Saesneg ydyn nhw i gyd. Pwyntio at ein trowsusau gwlyb ni y mae Mac, ac at y rhwyd. Mae'n amau ein bod ni wedi bod yn yr afon – ac mae o'n iawn, wrth gwrs. Y Cyrnol yn y plas piau'r afon a phob pysgodyn ynddi – mae'n siŵr bod Mac yn rhoi'r bregeth honno inni.

Mae hyn yn ddifrifol. Mae Mac yn pwyntio at y rhwyd ac yn gafael yn y goes sydd yn nwylo Now. Dydi Now ddim yn ei gollwng.

"No, no, no," meddai Nain Beic. "No ffish – lwc!"

"Wash bois in ffynnon," ydi stori Mam. "Sgŵl start toc ..."

Ond mae Mac yn dal i frygowthan ac mae'i lygaid yn tanio'n beryglus.

"Be 'di'r holl weiddi yma?"

Diolch byth, Jac a Dad sydd yno, ar eu ffordd yn ôl wedi bod â bagiad o ddillad i lety Jac yn y dref ac yn gwneud y trefniadau at ddechrau'r tymor. Mae Jac yn medru Saesneg yn iawn. Mi fedrith o roi'r cipar yn ei le.

Mae Jac yn siarad yn gwrtais gyda Mac, yn dal ei ben ar un ochr fel petai'n gofyn beth ar wyneb y ddaear ydi achos yr holl helynt yma. Mae Mac yn chwifio'i ddwylo mawr caled, ac yn pwyntio'i fysedd at Now a finnau a'r rhwyd, ei aeliau mawr blewog yn crychu at ei gilydd yn gas. Yna mae Jac yn codi'i law ac yn nodio'i ben a dweud rhywbeth fel petai'n deall y broblem yn iawn, a daw draw at Now a finnau.

"Dwedwch chi y gwir wrtha i, hogia, ac wedyn mi fydd yn haws i mi ddeud celwyddau wrtho fo."

"Gwerthu pysgod i Mrs Roberts Gweinidog wnaethon ni," meddai Now mewn llais bychan.

"I Mam gael pres i chdi aros yn yr ysgol," meddaf innau wrth ei gynffon.

"What did the little rascals say?" Mae Mac yn nesu'n fygythiol ac yn arthio eto.

"A be sy gynnoch chi yn y rhwyd yn fan'na?"

Mae Now'n dangos yr ystlum sydd yn dal i aros yn hollol lonydd yn ei gaethiwed, ac yn raddol caiff y stori gyfan ei hadrodd wrth Jac.

"Gweithred arwrol, Jac bach," meddai Nain Beic. "Mae'r hogia 'ma wedi gwneud fy mywyd bach i'n haws ei fyw. Y peth ola dwi ei angen ydi cwmwl o stlumod yn y nenfwd acw, er mor dda ydyn nhw am gadw'r piwiaid draw."

"Gadewch hyn i mi," meddai Jac. Cymer y rhwyd o law Now a chau ei cheg gyda'i ddwrn ei hun. Mae'n ei dal yn wyneb y cipar a dwi'n clywed y gair *bat*. Y cipar yn ailadrodd y gair wedyn ac yn ychwanegu *no fish*? Mae Jac yn gwneud araith fawr, yn pwyntio at yr awyr, at y rhwyd ac at y ffordd i'r dref. Mae'n taro'i dalcen a'i wddw o dan ei glust fel petai'n lladd pryfed ac yn pwyntio at y coed. Yna fel rhyw ddyn gwneud triciau yn ffair Abergele, mae'n agor ei ddwrn a gollwng yr ystlum bychan yn rhydd.

Rydan ni i gyd yn gwylio'r creadur yn agor a chau ei adenydd ac yn hedfan draw oddi wrthym nes ei fod yn smotyn bach du yn nesu at y coed tywyll.

Wedi ychydig eiliadau o dawelwch, mae Mac yn sgwario'i ysgwyddau, yn pwyntio at wynebau Now a minnau, yn edrych i fyw ein llygaid gan ddweud rhywbeth yn gras, ac yna'n troi ar ei sawdl.

"Be ddwedodd o, Jac?" gofynnais ar ôl i sŵn ei esgidiau trwm gilio i lawr y ffordd.

"Mae o eisiau chi'ch dau i fod yn bastynwyr bore Gwener nesa pan fydd y saethu grugieir yn dechrau ar Fynydd Moelogan, medda fo."

"Wnaeth o goelio dy stori di, Jac?" Dad sy'n gofyn y cwestiwn hwn. Mae Dad yn gweithio'r rhan fwyaf o'i amser ar ffermydd stad y Cyrnol.

"Do, dwi'n meddwl. Doedd ganddo fo ddim dewis ar ôl gweld yr ystlum, yn nagoedd? Ddwedais i mai rhwyd bwrpasol i ddal stlumod ydi hon wedi'i phrynu yn siop Lloyd Jones yn dre. Gobeithio nad aiff o yno i chwilio am un! Mi ddwedais i fod yna bla o stlumod yma ar ddiwedd ha' fel hyn a'n bod ni yn ein gwaith yn gwagio'n tai ohonyn nhw bob gyda'r nos!"

"Go dda'r hen Jac. Mae'n dda dy fod di gystal Sais â fo!" meddai Nain Beic.

"Nid Sais ydi Mac," meddai Dad wedyn. "Un o ynysoedd yr Alban ydi o."

"Wel, dydi o ddim yn dallt Cymraeg, ac mae hynny'n ddigon drwg i ni," meddai Nain Beic.

"Wn i ddim am y busnes deud celwyddau yma chwaith," meddai Mam. "Na wn i, wir."

"Dewis o ddau ddrwg oedd yna, mae arna i ofn," meddai Jac, "a chelwydd bach gwyn oedd o hefyd, yndê."

"Reit, allan o'r dillad gwlybion 'na, hogia." Mae Mam wedi cael gafael ar dipyn bach o drefn eto.

"Ddaw yr ystlum yn ôl, Nain?" holaf innau cyn gadael.

"Na ddaw, 'ngwas i. Byw yn y coed y byddan nhw drwy'r haf ac wedyn cysgu mewn rhyw ogof drwy'r gaea. Dwi'n siŵr mai ystlum ifanc, un o fabis eleni oedd hwn'na, ac wedi colli'i ffordd rŵan ei fod o'n ddigon mawr i fynd ei ffordd ei hunan."

"Waw, ella dyna'r tro cynta iddo ddod allan o'r coed, Nain?" meddaf innau.

"Bosib iawn, Bob."

"Ac ella ei fod o'n meddwl mai adra oedd eich tŷ chi wrth hedfan i mewn rhwng coed ffrâm y drws?"

"Adra i tithau rŵan, Bob, neu mi fyddi di wedi gwneud stori fawr am yr ystlum bach aeth ar goll ar ei ddiwrnod cyntaf allan o'r goedwig," chwarddodd Dad.

Ar y ffordd yn ôl, dwi'n gofyn be ydi'r pastynu yma sydd i ddigwydd dydd Gwener. Mae Now a Jac wedi bod wrthi ers blynyddoedd, meddan nhw. Maen nhw'n pwyntio at y grug sydd yn ei flodau draw ar Fynydd Moelogan. Yn y grug mae'r adar grows, meddan nhw – degau ohonyn nhw. Dydd Gwener mae hi'n rhywbeth maen nhw'n ei alw'n 'Gloriys Twelfth' – y deuddegfed o Awst. Dyna'r diwrnod cyntaf y bydd y bobol fawr fydd yn dod i aros yn y plas yn cael mynd allan ar y mynydd i saethu'r grows. Ond gan fod y grows yn ddigon call i swatio dan y grug, mae'n rhaid cael rhes o hogiau'r ardal i gerdded ar draws y mynydd gan ysgwyd y llwyni gyda'u pastynau a thrampio'n drwm ar y ddaear, fel bod yr adar yn codi ac yn hedfan yn isel i gyfeiriad gynnau'r bobol fawr.

"Fyddi di ar Fynydd Moelogan ddydd Gwener, Dad?"

"Bydda, Bob – ond ddim yn pastynu chwaith. Joban i hogia bach ydi hon'na."

"Bach? Dwi ddim yn fach," mynnodd Now.

"Gawn ni gyflog ganddyn nhw, Dad?"

"Chwe cheiniog y pen am y diwrnod, Bob."

"Ond 'dan ni'n cael swllt y dydd am chwynnu maip i ffarmwrs," meddai Now.

"Y Mistar Tir sy'n gofyn ddydd Gwener – mae hynny'n wahanol wel'di," meddai Dad. Erbyn hynny, rydan ni wedi cyrraedd giât Bronrhwylfa.

Y noson honno wrth i olau olaf y dydd gilio am y mynyddoedd pell, dwi'n meddwl am yr ystlumod yn gwibio rhwng y coed yn y tywyllwch. Clic a gwich, atsain ac eco. Llwybr o sŵn yn y nos. Boncyffion yn siarad gyda'r ystlum. Creadur a changhennau yn deall iaith ei gilydd. Ond be sy'n digwydd i'r ystlum pan fydd o'n ddeg oed, tybed? Fydd o'n methu clywed y glic a'r wich yn dod yn ôl ato bryd hynny? Fydd y coed yn rhoi'r gorau i siarad gydag o? Rhaid i mi ofyn i

Nain Beic yn y bore sut ei bod hi'n gwybod cymaint am ystlumod hefyd.

Ond pan ddaeth y bore dwi'n cael fy ysgwyd gan Now a dwi'n clywed llais Mam yn galw o'r gegin. Dwi'n rhwbio fy llygaid ac yn gweld cysgod Now yn gwisgo amdano wrth imi wneud llygaid bach arno.

"Ty'd yn dy flaen, Bob."

"E?" Dyna'r cyfan fedra i ei ddweud.

"Hel dy draed."

"Ydi hi'n ddiwrnod mynd i'r ysgol?"

"Sadwrn ydi heddiw'r mwnci melyn. Cau yr hen geg yna – ti'n edrych fel tasat ti'n trio dal pryfed."

Dwi'n cofio am yr ystlum. Braf ar hwnnw yn cael cysgu drwy'r dydd.

"Now! Bob! Lawr y munud 'ma!" Mam sy'n gweiddi. Mi alla i glywed uwd yn cael ei dywallt i bowlenni. Dwi'n ymestyn fel cath ac yn codi. Wrth y ffenest, dwi'n gweld fod Dad eisoes yn croesi'r buarth gyda sach yn un llaw a dau gryman yn y llall.

"Torri'r fynwent!" meddaf yn uchel. Dwi'n cofio rŵan. Refrynd Powell y ficer wedi gofyn i Dad roi toriad canol haf i'r glaswellt yn y fynwent ac mae Now a finnau'n mynd i'w helpu.

Pennod 3

"Pedair mil o flynyddoedd," meddai Dad.

Rydan ni'n eistedd wrth droed yr hen ywen fawr yn y fynwent yn y llan. Mae hi'n amser brechdan ddeg a llaeth enwyn ac mae'r toriad yn dda a hithau'n taro mor boeth yn barod.

"Dyna maen nhw'n ddeud ydi oed y goeden yma," aiff Dad yn ei flaen. "Hon ydi'r goeden hynaf yng Nghymru, meddan nhw."

Dwi'n edrych ar ei boncyffion hi. Maen nhw fel petaen nhw wedi agor a phellhau oddi wrth ei gilydd oherwydd pwysau'r canghennau tywyll. Mae'r rhisgl yn goch ac yn rhychau dwfn.

"Digon o le i ystlum gysgu yn un o'r cilfachau yma," meddai Now gan wthio'i fysedd i un ohonyn nhw.

"Mae'n siŵr bod degau ohonyn nhw yn uwch i fyny, synnwn i damaid," meddai Dad.

"Felly roedd hon hanner yr oed ydi hi rŵan pan oedd Iesu Grist yn byw ar y ddaear?" gofynnodd Now wedyn.

"Mae'r pen yna'n gweithio reit dda, Now," meddai Dad. "Ia, meddyliwch faint o bethau sy wedi digwydd ers i hon ddechrau tyfu."

"Roedd hi yma adeg y Battle of Hastings 1066, hyd yn oed," meddai Now.

"Be oedd hwnnw, Dad?" Chlywais i erioed y geiriau yna o'r blaen.

"O, gei di ddysgu pethau fel'na'n ddigon buan yn yr hen ysgol yna." Mae Dad yn nodio'i ben i'r chwith. Yn yr ochr honno i'r fynwent, yr ochr draw i'r eglwys a than wal y fynwent mae Ysgol y Llan. Rydan ni wedi cael cip ar ei tho llechi serth hi drwy ganghennau coed y llethr o'r fynwent i fuarth yr ysgol wrth dorri'r tyfiant yn y rhan yna ben bore. Yr ochr draw i'r ysgol, mae tŷ mawr y sgwlyn. Ond welson ni ddim arlliw o Mr Barnwell heddiw.

"Gei di ddysgu am y kings and queens of England o Edward the First i Victoria hefyd," meddai Now. "I feddwl bod y goeden yma'n hŷn na nhw i gyd."

Mae Now yn dechrau adrodd enwau a dyddiadau. Mae'n cau ei lygaid, yn gadael i stribed o eiriau lifo ohonyn nhw'u hunain oddi ar ei dafod. Nid Now sy'n siarad, rhywsut – dim ond ceg i ollwng y sŵn allan ydi fy mrawd erbyn hyn.

"Ia, wel," meddai Dad gan godi a tharo'r botel laeth enwyn yn ôl yn y sgrepan ar gainc o'r ywen. "Dydd Llun ddaw, a gei di bethau felly pan ddaw hwnnw heibio. Ty'd â dy gryman yma rŵan iti gael gweld sut mae ei hogi iti gael min iawn arno fo."

Rydan ni'n tri yn eistedd ar wal y fynwent wedyn. Mae gan Now syniad go lew sut i hogi gan ei fod o wedi bod yno'n helpu Dad o'r blaen, ond dyma'r haf cyntaf i mi.

"Reit, eistedd fel hyn a charn y cryman yng ngwasg dy ben-glin dde. Gafael yn y llafn o'r tu ôl, bysedd ar hyd y pen ucha. Dal y galan hogi yn dy law dde a gweithio ar i lawr, wel'di, nes bod y min yn gloywi. Yr holl ffordd ar hyd hanner lleuad y llafn. Wedyn troi'r cryman rownd a rhoi'r carn yng ngwasg dy ben-glin chwith a gwneud 'run peth gyda'r ochr arall. Rho di fin iawn arno fo, ac mi ddeil am y rhan fwya o'r pnawn."

Mae'r tri ohonom ni'n hogi am y deg munud nesaf, Dad yn hogi'r bladur fawr ac yn gwylio a chynghori'r ddau ohonom ninnau ar y crymanau. Twtio'r manion olaf wrth y cerrig beddau ac wrth wal y fynwent ydi gwaith Now a minnau, tra bod Dad yn pladuro'r glaswellt brasaf rhwng y rhesi beddau.

"Dyna ni, mi ddylai fod 'na fin go lew ar yr arfau erbyn rŵan," meddai Dad yn y diwedd. "Min da nid bôn braich piau hi. Dwywaith yr amser hogi, hanner yr amser torri."

Ar hynny, clywn giât y fynwent yn agor. Pwy ddaw drwy'r porth ond y ficer. Mae Dad ar ei draed a'i gap yn ei law.

"Good morning, Refrynd Powell," meddai.

Mae'r ficer yn dweud rhywbeth yn ôl gan edrych yn sych braidd ac yna'n pwyntio dros ei ysgwydd a dweud brawddeg arall cyn mynd am ddrws yr eglwys.

"Be oedd ganddo fo i'w ddeud, Dad?" gofynnais.

"Mae o'n dweud nad drwy eistedd ar ben wal mae torri'r fynwent!" meddai Dad.

"Tydi o ddim wedi clywed am yr hogi cyn torri 'na mae'n rhaid," meddai Now.

"Roedd 'na ddigon o fin ar ei dafod o p'run bynnag," meddai Dad. "Dweud y bydd y parti saethu'n cyrraedd y plas pnawn 'ma ac yn dod i'r eglwys fory wnaeth o wedyn – a bod y Cyrnol yn disgwyl i'r fynwent yma fod mor dwt â lawnt y plas cyn nos."

Rydan ni'n mynd ati wedyn. Torri, twtio, cribinio, fforchio a chario'r torion i'r domen yng ngwaelod y fynwent. Mae yma fwy o gerrig beddau na wnes i erioed feddwl. Dim ond rhyw ddwywaith dwi wedi bod yn y fynwent o'r blaen, yn cerdded drwyddi i wrando ar rywbeth gan blant yr ysgol yn yr eglwys. Nid yn yr hen fynwent yma wnaethon ni gladdu Taid, gŵr Nain Beic – mae ei fedd o i lawr yn y fynwent newydd yng nghefn yr eglwys ac yn sŵn afon Collen. Dydan ni ddim yn torri'r darn hwnnw achos fydd y bobol fawr ddim yn dod drwy'r giât isaf.

Dwi'n rhoi fy mys yn naddiad ambell lythyren. Dwi'n medru darllen Cymraeg yn reit dda gan fy mod i yn nosbarth ysgol Sul Miss Jones, a gan fod Nain Beic yn dod â llyfrau a chylchgronau i mi.

"'Marw' ydi'r gair yma, yndê, Now? Carreg fedd Gymraeg ydi hon?"

Daw Now ataf ac edrych ar y garreg fawr drwchus sydd wedi disgyn oddi ar wely o frics am y llwybr. Mae hi'n agos at ddrws mawr yr eglwys ac yn edrych yn flêr braidd.

"Ia, 'Marw'. Ti'n iawn, Bob," meddai Now, yn craffu ar y llythrennau cerfiedig. "Mae o'n deud 'marw wnaeth', wel'di. Wel, do gobeithio, yndê, Bob? Mi fasa'n bechod ei fod o yma ac yntau dal yn fyw, yn basa?"

"Parch at y meirwon, Now bach." Mae Dad wedi dod atom rŵan. Mae o wedi gorffen ailgodi rhai cerrig oedd wedi rhyddhau a disgyn o wal y fynwent. "Carreg fedd pump o blant ydi hon, welwch chi. Ro'n i'n nabod rhai ohonyn nhw pan oeddwn i'n blentyn fy hun. Dwy chwaer, tri brawd. John oedd yr olaf, ylwch – mi drion nhw bopeth ond roedd diciâu, clefyd y tlawd, wedi cydio yn waliau'r cartre, meddan nhw.'

"Mae hon yn gam iawn, tydi Dad?" meddai Now.

"Wel ydi, ti'n llygad dy le. Does yna ddim teulu ar ôl i edrych ar ôl y bedd, mae'n siŵr iti."

"Ydi hi'n saff fel hyn?" gofynnaf innau, yn fy nghwrcwd drosti, yn dilyn toriad ambell lythyren arall ar wyneb y garreg.

"Pam fod y llinellau 'ma'n stopio cyn cyrraedd y pen draw, Dad?" dwi'n ei ofyn am y pedair llinell olaf ar y garreg.

"Enwau'r plant wnaeth farw, dyddiadau ac oedran – dyna ydi'r llinellau cynta, wel'di."

Mi fedra i ddarllen 'John', yna 'Robert' uwch ei ben o, 'David' uwch hwnnw ac wedyn y ddwy ferch, 'Margaret' ac 'Elizabeth'. Mae'r llinellau yna'n llenwi lled y garreg.

"Ond pennill sy gen ti ar y diwedd," esboniodd Dad. "Pedair llinell. Englyn coffa."

"Cymraeg ydi'r geiriau yma i gyd, ia Dad?"

"Ia, Bob. Teulu Cymraeg oeddan nhw."

"Roedd yna Gymraeg yn yr eglwys yr adeg honno felly, Dad?"

"Wel, mae 'na un gwasanaeth Cymraeg yma bob dydd Sul, 'sdi."

"Ond ddim cymaint ag yn y capel?" gofynnaf wedyn.

"Na, ddim cymaint."

"A dim Cymraeg pan fydd plant yr ysgol yn dod yma – 'run fath â phan oedd Now'n dod yma o'r blaen?"

"Na, doedd 'na ddim Cymraeg yr adeg hynny, yn nagoedd." Mae Dad yn plygu ymlaen, edrych ar y pennill eto ac yn ei ddarllen yn ei feddwl ei hun. "Hym ia – 'marw wnaeth'. Does yna ddim byd fedrwn ni ei wneud weithiau, yn nagoes."

Mae Dad yn sythu'i gefn ac yn ochneidio.

"O, dewch wir," meddai. "Dewch i ni gael gorffen. Dydan ni ddim ymhell ohoni rŵan. Mae'r wal yna'n iawn erbyn hyn. Cribiniwch chi rhwng y ddau fedd yna yn fan'cw a rhowch gryman i'r dana'l poethion yna dan ganghennau'r ywen. Mi wna i godi'r garreg yma a'i rhoi i orwedd yn wastad ar y brics wrth ochr carreg fedd John a Jane Ty'n Ffynnon, eu rhieni nhw. Mi fydd yn saffach ac yn dwtiach felly."

Dyma Dad yn mynd i gwt yr hers yn ochr allanol wal y fynwent i nôl caib a throsol. Mae Now a minnau'n cribinio a chrymanu i sŵn ergydion y gaib am sbel. Yna, gwelwn Dad yn codi cornel o'r garreg gam gyda'r trosol. Mae'n cydio amdani, yn gollwng y trosol ar ôl cael gafael iawn arni ac yn dechrau ei chodi i'w lle. Ew, mae hi'n garreg hir iawn hefyd. Mae Dad wedi agor ei freichiau i'r eithaf ac yn plygu yn ei flaen gyda'r pwysau ar ei ddwylo fel nad ydi hi'n disgyn ar ei chyllell a hollti. Mae'n ei chodi'n uwch ac uwch. Ond mae'i phen isa hi'n taro'n erbyn ei goesau rŵan.

"Wyt ti eisiau i ni afael yn y pen isa, Dad?" Mae Now wedi rhedeg ato wrth weld ei fod ar flaenau'i draed, ei freichiau ar draws lled y garreg ac yn gwyro ymlaen cymaint ag y medr.

"Na! Na!" gwaeddodd Dad. "Cadwch draw. Mae 'na goblyn o bwysau yn hon. Modfedd arall ... neu ddwy ..."

Ar hynny mae un goes yn rhoi o dan Dad ac mae'n disgyn ymlaen.

Mae'r garreg yn mynd yn glir dros ben uchaf y gwely brics, ond mae'n aros ym mreichiau Dad sy'n ceisio troi ar ei ochr wrth fynd i lawr. Mae un ymyl y garreg drom yn gwasgu llaw Dad i'r glaswellt cwta. Mae'r llaw arall wedi gollwng yr ymyl bellaf. Mae'r garreg yn disgyn yn ôl ar y brics – ond diolch byth, dydi hi ddim yn hollti.

Mae un llaw Dad yn gymysg â phridd a gwreiddiau o hyd ac mae'n dechrau cochi gan waed yn barod. Gyda'i law arall mae'n gwasgu gwaelod ei gefn ac mae golwg boenus ar ei wyneb. Dwi fel petawn i wedi rhewi ond mae Now yn fwy tebol.

"Ti'n iawn, Dad? Ti'n medru codi?" Mae Now yn gafael dan ei ysgwydd a dydi Dad ddim yn ei hel draw y tro hwn. Dwinnau'n mynd i helpu. Rhyngon ni, rydan ni'n cael Dad ar ei eistedd ac yn codi'r llaw waedlyd o'r pridd. Mae'n rhoi'r llaw orau ar y ddaear ac yn ceisio codi'i hun, ond mae rhyw boen yn saethu drwy'i gorff. Mae'n rhoi'r gorau iddi.

"Cledwyn Saer," meddai toc. "Now, dos i ofyn iddo fo ddod ata i. Aros di efo fi, Bob."

Mae gweithdy'r saer yng nghanol y pentref a chyn bo hir mae'r saer yn ei ddillad llwch lli yn brasgamu drwy borth y fynwent.

"Be ydi peth fel hyn, William Jones? Be wyt ti eisiau gen i – ffon gollen neu arch dderw? Ti wedi dod i'r lle gorau i orwedd, chwarae teg iti. Fydd dim rhaid dy gario di 'mhell."

"'Mond wedi rhoi tro i 'nghefn wrth symud y garreg 'na ydw i, Cledwyn."

"Gad inni weld." Mae'n rhoi un goes y tu ôl i gefn Dad, yn gwthio'i ddwylo o dan ei geseiliau ac yn ei godi ar ei draed. O fewn dim, mae Dad yn ei ddau ddwbwl, yn pwyso ymlaen ac yn rhoi ochenaid ddofn yn ei boen.

"Y seiatic nyrf, William Jones. Codi gormod o bwysau a sgriwio'r asgwrn cefn. Gwely piau hi. Ty'd, mi awn ni gan bwyll. Hogia – cliriwch chitha'r arfau gwaith yma ... "

O'r diwedd, mae fy mreichiau a fy nhraed yn cael symud i wneud rhywbeth, ond mae'r meddyliau duon yn rhoi cur yn fy mhen i.

Pennod 4

O flaen y capel fore drannoeth, mae pobol yr ardal yn casglu o gwmpas Mam i ofyn sut mae Dad. Mrs Roberts y gweinidog ydi un ohonyn nhw – ac mae'n rhoi winc fawr ar Now a finnau a dweud bod y swper gafodd hi'r noson cynt yn flasus iawn. Rydan ni wedi gadael Dad yn ei wely. Os rhywbeth, mae'n waeth heddiw, yn methu symud, heb sôn am godi. Mae'r boen wedi rhedeg i lawr ei glun chwith i'w ben-glin ac mae symud ei goes yn peri trafferth mawr iddo fo, heb sôn am drio codi ar ei eistedd. Ond dydi o ddim wedi torri yr un o'i fysedd, dim ond eu briwio a'u cleisio'n ddrwg.

Roedd Cledwyn Saer wedi hel criw o dri o ddynion eraill ac wedi mynd yn ôl i'r fynwent i osod carreg fedd y teulu o bump yn daclus yn ei lle. Doedd dim rhaid i'r Refrynd Powell boeni nad oedd ei fynwent yn edrych yn daclus i barti'r plas wedi'r cyfan. Gyda'r nos neithiwr, roedd Now, Jac a minnau wedi carthu'r moch a'r ieir, rhoi dŵr glân a phorthi'n iawn fel nad oedd dim gan Dad i boeni amdano.

Cyn mynd i mewn i'r capel, pwy gyrhaeddodd a'u gwynt yn eu dyrnau ond Ifan fy mrawd mawr a Betsi fy chwaer fawr. Mae'r ddau'n gweini ffermwyr – Ifan yn was bach a Betsi yn forwyn fach, a'r ddau'n byw ar y ffermydd hynny. Ond roedd y ddau wedi clywed am y ddamwain ac wedi cael caniatâd i alw i weld Dad ar ôl y gwasanaeth.

Drwodd i'r festri fach i'r ysgol Sul yr aethom ni ar ôl yr

emyn cyntaf. Elen Jones ydi'n hathrawes ni ac mae hi'n un o'r rhai sy'n cynorthwyo yn Ysgol y Llan hefyd. Mi fydd hi'n braf cael wyneb cyfarwydd yno pan fydda i'n dechrau yn yr ysgol fory – dyna sy'n mynd drwy fy meddwl.

"Rŵan, blant, setlwch yn eich llefydd," meddai Elen Jones yn glên. "Cyn inni dorri'n ddau ddosbarth, dwi eisiau gair sydyn gyda'r rheiny ohonoch chi sy'n dechrau yn Ysgol y Llan am y tro cynta bore fory. Codwch eich dwylo – mi wyddoch pwy ydach chi."

Mae saith ohonom yn codi'n breichiau i'r awyr ac mae Elen Jones yn cyfri. Mae chwech yn chwech oed, a dim ond y fi o'r rhai sy'n dechrau am y tro cyntaf yn yr ysgol sy'n wyth oed.

"Reit, dwi eisiau ichi sylweddoli nad ydi'r ysgol Sul ac Ysgol y Llan 'run fath â'i gilydd a bod yn rhaid ichi baratoi eich hunain i ymddwyn yn iawn yn Ysgol y Llan. Yn gynta, pan fyddwch chi'n deud fy enw i – Elen Jones ydw i yma yn y capel, ond Miss Elen ydw i yn Ysgol y Llan. Dwedwch hynny efo'ch gilydd, 'Miss Elen'."

"Miss Elen," meddai'r saith ohonom ag un llais. Doedd hynny ddim yn anodd o gwbwl.

"Ond nid y fi fydd eich athrawes chi. Dysgu *Standard One* a *Standard Two* fydda i. Ac nid athrawes ydw i fel yn yr ysgol Sul ond *pupil teacher*. Eich *teacher* chi yn yr *infants* – y plant bach, yndê – fydd Mrs Barnwell, gwraig y sgwlyn. Ond dydan ni ddim yn dweud 'sgwlyn' yn Ysgol y Llan – *headmaster* 'dan ni'n ei ddweud. A phan rydach chi'n siarad efo Mr Barnwell, rydych chi'n ei alw fo'n 'syr'. Trïwch gofio hynny i gyd ac mi wnewch chi'n ardderchog yno, dwi'n siŵr. A Robat Elis," meddai gan droi ata i, "er dy fod di'n ddigon hen i fod yn fy nosbarth i, efo'r *infants* y byddi di fory gan mai dim ond dechrau yn yr ysgol yr wyt tithau."

Mae merch chwech oed gyda mop o wallt du cyrliog yn codi'i llaw yn y tu blaen.

"Ia, Eifiona Jên – oes gen ti gwestiwn?"

"Felly 'athrawes' dach chi yma yn yr ysgol Sul a *teacher* dach chi yn Ysgol y Llan, ia?"

"Dyna ti, Eifiona Jên. Mi ddowch chi i gyd i gofio hynny'n sydyn iawn. Mae gen i hefyd newyddion da i bob un ohonoch chi sydd yn y dosbarth yma. Mi fydd yr ysgol Sul yn cynnal Eisteddfod y Plant yma yng Nghapel y Cwm ar ddechrau mis Medi. Mae cystadlaethau adrodd a chanu ichi a hefyd cystadleuaeth llawysgrifen. Mi fydd pob un ohonoch chi'n cael darn o bapur a'r dasg ydi sgwennu enw 'Capel y Cwm' mor daclus â phosib arno fo. Mae yna dair gwobr – cyntaf, ail a thrydydd a 'chydig o bres poced ichi os fyddwch chi'n gwneud yn dda. Gewch chi wbod be fydd gweddill y cystadlaethau yr wythnos nesa. Ond Robat Elis, mi fyddi di'n cystadlu yn erbyn plant 'run oed â thi dy hun yn Eisteddfod y Capel, wrth gwrs."

Mae braich Eifiona Jên yn yr awyr eto.

"Ia?"

"Oes 'na bres poced am ganu hefyd?"

"Oes – mae gwobrau am bob cystadleuaeth."

Mae'r ferch benddu'n gwenu'n hapus iawn ar ei ffrindiau. Dyna un ferch sy'n hoff o ganu, faswn i'n ei ddweud.

Stori Arch Noa sydd gan Elen Jones inni heddiw. Dwi wedi'i chlywed o'r blaen ond mae Elen Jones yn un wych am ddweud stori a dwi wrth fy modd yn gwrando arni. Mae Arch

Noa mor fawr ... ac rydan ni'r plant i gyd yn dilyn bys Elen Jones at nenfwd y capel. A dacw nhw'r anifeiliaid i gyd yn dod fesul dau a dau – ac yn wir, mae rhai o'r plant lleiaf yn troi'u pennau at y drws gan ddisgwyl gweld dau fwnci a dau eliffant. Pan ddown at y darn lle mae'r glaw di-baid yn creu'r llifogydd mwyaf a welodd y byd erioed ac yn boddi'r holl bobol a'r holl greaduriaid nad oedd wedi'u diogelu yn Arch Noa, mae pob un ohonom yn dawel iawn. Ar ddiwedd y stori, mae Elen Jones yn ein holi oes gan rywun unrhyw gwestiwn ynglŷn â'r hanes.

Mentraf godi fy llaw.

"Ia, Robat Elis?"

Robat Elis ydw i yn y capel, ond Bob adref ac i fy ffrindiau, wrth gwrs.

"Fyddwch chi'n dod aton ni i adrodd straeon yn yr ysgol hefyd, Elen Jones?"

"Ddim pan fyddwch chi yn y dosbarth plant bach, Robat Elis, ond pan fyddwch chi yn *Standard One*, mi gewch chi straeon gen i yr adeg honno."

"Straeon am be fyddan nhw, Elen Jones?" gofynnaf wedyn.

"O, gewch chi weld yr adeg hynny!" meddai hithau dan chwerthin yn glên.

Mae braich bachgen gwallt cwta ar y dde imi yn yr awyr. Aled ydi ei enw fo a chwech oed ydi yntau hefyd.

"Elen Jones," mae'n dechrau arni'n hamddenol. "Wyddoch chi'r darn yna yn stori Arch Noa lle roeddach chi'n dweud bod yr holl greaduriaid nad oedd yn yr Arch wedi boddi yn y llifogydd, yndê ...?"

"Ia, Aled, be am hynny?"

"Wel, wnaeth yr holl bysgod foddi hefyd, 'ta be?"

Mae rhai o'r dosbarth yn dechrau piffian chwerthin. Dydych chi byth yn siŵr efo Aled, ai dweud rhywbeth i wneud i rai ohonon ni chwerthin mae o neu ydi'i ddychymyg o yn mynd lawr allt ar gan milltir yr awr.

Chwerthin mae Elen Jones hefyd.

"Falle mai cael eu dal gan Noa a'u bwydo i'r anifeiliaid yn yr Arch oedd hanes y pysgod, Aled!"

"Ond dim ond dau bry genwair oedd ganddo fo i fynd i bysgota, Elen Jones!" ychwanegodd Aled nes bod pawb ohonom yn rowlio chwerthin.

Mae braich un arall o'r bechgyn sy'n dechrau yn Ysgol y Llan yfory yn yr awyr. Tydw i ddim wedi'i weld o yn yr ysgol Sul o'r blaen.

"Harri!" meddai Elen Jones. "Dwi'n falch iawn o dy groesawu di ar ddechrau tymor newydd yn yr ysgol Sul fel hyn. Be ydi dy gwestiwn di?"

"Fyddwch chi'n dweud stori Arch Noa yn Ysgol y Llan weithiau?"

"O dro i dro, Harri. Bob yn ail flwyddyn fel arfer."

"A dach chi'n gwbod pan mae Noa yn siarad efo'i feibion a dweud wrthyn nhw ei fod wedi cael neges i adeiladu llong fawr?" gofynnodd Harri wedyn.

"Ia, wn i. Be am hynny?"

"Wel, mae Noa yn dweud hynny yn Gymraeg wrthyn nhw yn yr ysgol Sul heddiw, yn tydi?"

"Ydi, Harri."

"Ond pa iaith fydd o'n dweud wrthyn nhw yn Ysgol y Llan?"

"O, yn Saesneg fydd y stori'n cael ei dweud yn Ysgol y Llan," meddai Elen Jones. "Beibl Saesneg sy'n Ysgol y Llan a Beibl Cymraeg yn fan yma, yndê?"

"Felly roedd meibion Noa yn siarad Saesneg hefyd?" gofynnodd Harri.

"Maen nhw'n deall Saesneg yn stori Ysgol y Llan, Harri," atebodd Elen Jones. "Dyna ni, mae'n amser i ni fynd yn ôl drwodd i'r capel ar gyfer y Fendith rŵan."

"Dim ond un peth bach arall," mynnodd Harri. "Be fasa'n digwydd tasa Noa'n siarad Saesneg efo'i feibion yn stori Ysgol y Llan, ond bod un o'r meibion yn anghofio lle roedd o ac yn ateb yn ôl yn Gymraeg, yn meddwl ei fod o'n dal yn yr ysgol Sul?"

"Wel, mae pawb yn gwbod be fasa'n digwydd tasa fo'n gwneud hynny, yn tydi?" meddai Eifiona Jên o'r tu blaen. "Y gansen gei di am ddeud gair yn Gymraeg yn Ysgol y Llan."

"Does dim rhaid i mi eich atgoffa o hynny," meddai Elen Jones. "Rydych chi'n gwybod y drefn. Wnewch chi ddim anghofio lle fyddwch chi fory, dwi'n siŵr o hynny."

Na, wnawn ni ddim anghofio, dwi'n siŵr o hynny.

Ond dwi ddim mor sicr amdana i fy hun chwaith. Dwi'n hen i fod yn dechrau yn yr ysgol. Dwi wedi magu arferion. Mi fydd hi'n anodd imi addasu. Unwaith eto, dwi'n melltithio'r salwch sydd wedi amharu ar fy mhlentyndod i, wedi fy nghadw'n gaeth i fy ngwely am fisoedd ar y tro nes fy mod wedi colli dwy flynedd o ysgol.

Ar ôl swper bara a llaeth y noson honno, mae Nain Beic yn galw heibio i ddymuno'n dda i bawb yfory.

"Mi fydda i'n y drws yn codi llaw arnat ti pan fyddi di'n pasio ar dy ffordd i'r Ysgol Sir yn Llanrwst, Jac," meddai wrth fy mrawd hynaf. "Tua faint o'r gloch fydd hynny?"

"Chwarter wedi saith mae'n siŵr, Nain."

"Pum milltir ydi hi i'r ysgol yn y dre, yndê?" meddai Nain. "Mi fyddi'n iawn i gyrraedd yno erbyn naw – mae i lawr allt bron bob cam. Hwda, rhwbath bach iti i'w wario yn y dre 'na."

"O, does dim eisiau ..." dechreuodd Mam ddwrdio.

"Nid i ti mae o!" meddai Nain reit siarp. "Rhwng Jac a fi mae hyn."

"Ylwch trowsus clyfar fydd gen i fory – Mam wedi'i wneud o imi." Mae Jac yn ceisio cadw'r ddysgl yn wastad.

"Un da ydi hwn, Jac," meddai Nain. "Dy fam wedi pwytho dau hen drowsus tenau yn ei gilydd fel bod gen ti un trowsus trwchus at y gaea. Clyfar iawn."

"Ydi hynny'n golygu fod yn rhaid iti agor dau falog pan ti'n mynd i'r tŷ bach?" gofynnodd Now.

"Dyna ddigon, Now!" meddai Mam. "Cofiwch chi'ch dau – dim ateb yn ôl yn Ysgol y Llan fory. Be ydi'r gorchymyn yna hefyd, Jac?"

"Don't speak until you are spoken to," atebodd Jac.

"A be ydi hynny'n Gymraeg?" gofynnodd Nain Beic.

"Cau dy geg nes bod rhywun yn deud wrthat ti am siarad," cyfieithodd Jac, gan ychwanegu, "Mae gan Mr Barnwell y sgwlyn a'i wraig ddywediad arall hefyd – 'Little children should be seen and not heard'."

"A be ydi ystyr hwnnw?" gofynnodd Nain Beic eto.

"Ddylai plant bach gael eu gweld ac nid eu clywed – ffordd arall o ddweud 'cau dy geg'!"

Pennod 5

Dydi Dad ddim wedi codi pan mae Now a minnau'n gadael Bronrhwylfa bore drannoeth. Roeddan ni'n ei glywed yn ochneidio mewn poen.

Uwd, yn dawel, ac wedyn y drws.

Mae gennym ni ryw dair milltir i'w cerdded.

Dacw'r haul wedi codi dros ymyl y goedwig ar y chwith inni ers oriau. Mae'n awyr las ac mae'n taro'n boeth yn barod.

"Ty'd, fiw inni fod yn hwyr," meddai Now pan dwi'n aros wrth giât i edrych ar ddefaid Tyddyn Dolben.

I lawr â ni i ffordd Llanrwst ac wedyn heibio'r dafarn ac yna mae llwybr bach yn mynd â ni dros bont droed at giât yr ysgol. Uwch ein pennau ni, mae'r fynwent a thŵr yr eglwys. Dwi'n teimlo fy mod yn gadael un byd a chyrraedd byd arall.

"Mae tri drws, wel'di, Bob," meddai Now wrth inni nesu at giât buarth yr ysgol. "Hwn'na ydi un y bechgyn mawr o Sdandard Wan i fyny; genod mawr yn na'cw ac wedyn drws y plant bach – y bêbis, maen nhw'n eu galw nhw – ydi hwn'na yn fan'cw, wel'di. Dallt?"

"Ydw, Now."

"Pan fydd y gloch yn canu am naw, mae'r bechgyn mawr yn sefyll mewn rhesi wrth ddrws y bechgyn, y genod 'run fath wrth eu drws nhw, a dach chitha i fod i wneud hynny hefyd wrth ddrws y plant bach. Iawn?"

Dydw i ddim yn ateb yn syth. Mae dyn bychan gydag

wyneb llwyd wrth y giât. Mae ganddo drwyn hir a sbectol, ac mae ganddo ddwy rych ddofn i lawr ei ddwy foch, yn union fel petai newydd fwyta lemon. Mae esgyrn caled i'w gweld o dan ei lygaid. Mae'i wallt wedi britho ac wedi'i gribo'n fflat ar ei ben. Gan ei fod yn sefyll yn plygu ymlaen, mae'i ên yn dod allan yn bell o'i wyneb. Ac er ei fod yn ddyn bychan, mae fel petai'n edrych i lawr ei drwyn ar bawb – er bod rhai o'r bechgyn hynaf yn fwy ac yn lletach nag o. Mae ganddo lygaid tanllyd ac mae'i aeliau yn gloddiau trwchus ar ei dalcen wrth iddo wgu ar y plant sy'n cyrraedd ei ysgol. Er na welais i mohono ddim ond rhyw ddwywaith yn y pentref erioed, mi wn mai hwn ydi'r Mr Barnwell y sgwlyn.

Y peth mwyaf dychrynllyd amdano yw bod cansen felen yn ei law dde.

Mae Now yn dal i siarad gyda mi ac yn fy siarsio i am reolau'r ysgol. Rydan ni'n mynd drwy'r giât, heibio'r prifathro ac i mewn i'r buarth.

"Ti'n dallt ynglŷn â'r rhesi 'na rŵan, Bob? Y peth pwysica un – paid â siarad efo dy ffrindiau yn y dosbarth. O, a chofia eistedd yn llonydd ..."

"Boy!"

Petasai rhywun wedi tanio gwn wrth fy nghlust, faswn i ddim wedi neidio cymaint.

Mae Now'n rhoi naid hefyd. Trown ill dau i wynebu'r hyn sydd y tu ôl i ni. Mae wyneb y dyn llwyd bron yn wyn erbyn hyn, ei geg yn llinell syth, gas ar draws ei wyneb ac mae'n clecian dwy res ei ddannedd yn erbyn ei gilydd. Os rhywbeth, mae'i holl gorff yn ymestyn ymhellach yn ei flaen a'i ên reit yn ein hwynebau.

Mae'n gweiddi rhyw gwestiwn i gyfeiriad Now.

"Spicin tw mai bryddyr, syr." Llais bychan, bach sydd gan Now.

Mae'r dyn llwyd yn rhuo ac yn pwyntio at fuarth a giât yr ysgol. Wn i ddim be oedd y waedd nesaf, ond dwi'n gweld Now yn ymestyn ei law dde oddi wrth ei gorff ac yn ei hagor hi a sythu ei fysedd.

Chwap!

Mae'r dyn bach llwyd wedi sythu'n sydyn ac wedi codi'r gansen uwch ei glustiau a dod â hi i lawr a'i holl nerth ar law Now. Wedyn mae'n gweiddi rhywbeth arall. Mi alla i weld llygaid Now yn llenwi a'i wefus yn crynu. Ond mae'n tynnu'i fraich dde yn ôl ac yn ymestyn ei fraich chwith, agor y llaw, sythu'r bysedd ...

Chwap!

Mae'r gansen yn chwibanu eto, a'r tro hwn mi alla i weld marc yr ergyd yn goch ar law fy mrawd. Mae'r prifathro yn camu'n gyflym y tu ôl i Now ac yn rhoi ergyd arall ar ei ysgwydd dde gyda'r gansen, ergyd ar ei ysgwydd chwith a dwy ergyd isel wedyn ar draws cefnau ei goesau nes bod Now druan yn dawnsio ac yn beichio crio dros y buarth.

Mae'r holl blant ar y buarth fel hanner lleuad o'n cwmpas. Pawb yn dawel, yn rhythu ar yr olygfa.

"Six of the best for speaking Welsh!" gwaeddodd y prifathro a throi i bwyntio blaen y gansen ar hyd llinell y plant. "Now, go to your lines."

Mae Now yn dal i nadu. Mae'n ei ddyblau, ei ddwy law yng ngwasg ei ddwy gesail. Gallaf weld rhychau cochion ar draws cefn ei goesau. Yn ara deg, mae'n cerdded at y llinellau o flaen drws y bechgyn mawr.

Dwi'n anadlu'n gyflym ac mae arna i ofn fy mod i'n mynd i ddechrau crio hefyd. Mae'r prifathro'n gwthio'i ên yn nes ataf.

Mae'n arthio un gair caled yn fy wyneb.

Dwi'n troi fy mhen yn wyllt. Ond wela i neb dwi'n nabod. Mae f'ysgwyddau i'n codi a gostwng. Lle ddwedodd Now roedd llinellau'r plant bach? Ai yno mae fy lle i? Ydi Elen Jones, nage, Miss Elen yn ymyl ...? Lle ...?

Ar hynny, clywaf rywun yn cydio yn fy mraich. Trof fy mhen yn wyllt rhag ofn fod yna rywun arall efo cansen yn yr ysgol. Ond na, merch fach sydd yno. Y ferch benddu oedd yn yr ysgol Sul ddoe. Heb edrych arna i a heb yngan gair, mae'n fy nhywys gerfydd fy mraich ar draws y buarth.

Mae'n rhaid mai'r rhain ydi'r plant bach. Ie, mi wela i ben Aled, ei wallt cwta fel draenog am ei ben. Mae'n rhoi gwên fechan i mi. Ond does neb yn dweud sill o'i ben.

O'n blaenau ni rŵan mae dynes reit drom. Mae ganddi hithau wallt wedi britho a sbectol. Dwi'n siŵr ei bod hi'n edrych i lawr ei thrwyn arnon ni hefyd. Mae'n debyg mai Mrs Barnwell, gwraig y sgwlyn ac athrawes y plant bach – a fi – ydi hon.

Dwi'n troi fy mhen i edrych a ydi Now rywfaint gwell erbyn hyn, ond mae llinellau'r hogiau mawr wrthi'n cerdded i mewn i'r ysgol, a'r sgwlyn yn clecian ei gansen tap-tap ar garreg drws yr ysgol fel petaen nhw'n filwyr yn y fyddin.

Mae rhywun yn gweiddi yn fy nghlust.

Dwi'n troi fy mhen ac mae wyneb Mrs Barnwell yno o fy

mlaen yn gweiddi rhyw air arall. Dydw i ddim yn gwybod ai cwestiwn ydi o neu beidio felly dwi'n astudio'i hwyneb hi.

Mae'i bochau mawr hi'n gwneud i'w llygaid edrych yn fychan. Yn debyg iawn i lygaid ystlum, meddyliaf. Ond wedyn mae'r geg yn agored ac yn wlyb – debyg iawn i frithyll wedi'i ddal yn afon Collen, meddyliaf wedyn. Mae hi'n tuchan ac yn troi'n ôl at ddrws y plant bach.

"In!" gwaeddodd.

Mae'r rhai cyntaf yn y rhes yn dechrau cerdded i mewn i'r ysgol a phan ddaw fy nhro innau, dwinnau'n eu dilyn.

Un ystafell fawr sydd y tu mewn i'r ysgol. Yn y pen pellaf mae'r plant hynaf ac o'u blaenau mae desg uchel y prifathro a rhyw chwe chansen ar silff y ddesg. Desgiau hirion yn dal rhyw bump neu chwech o blant sydd gan bob dosbarth.

Mi alla i weld Now rŵan yng nghefn yr ail res o ddesgiau, a dwi'n trio dal ei lygaid i godi'i galon. O flaen y rhesi desgiau agosaf at rai'r dosbarth plant bach mae Elen Jones yn sefyll. Mae'n llygaid yn cyfarfod am chwarter eiliad, ond yna mae hi'n edrych draw.

Mae Mrs Barnwell yn gweiddi 'Go' rhywbeth neu'i gilydd. Mae'i sŵn hi fel petai hi'n dweud "Go drapiau ulw las!" ond fedra i ddim gweld be sydd wedi digwydd i wneud iddi ddweud y ffasiwn beth, chwaith. Dwi'n dal rhwng y drws i'r buarth a rhesi desgiau'r plant bach.

Dyma hi'n dod gam yn nes ac mae'r 'Go' yma'n dod o'i cheg hi fel sgrech unwaith eto.

Y tro hwn, dwi'n cael pwniad y tu ôl imi nes fy mod i'n gorfod rhoi fy nwylo ar ben un o'r desgiau hir i'm harbed fy hun. Dyma ben-glin i ochr fy nghoes wedyn a dwi'n hel fy hun ar hyd y ddesg hir reit i'r ochr draw. Wrth eistedd dwi'n gweld mai Aled roddodd hwb imi i fy sêt. Dwi'n dweud dim wrtho, dim ond rhoi nòd sydyn arno gyda fy nhalcen.

Mae Mrs Barnwell yn dweud rhywbeth arall wrthon ni rŵan, ac wedyn mae hi'n mynd i eistedd y tu ôl i ddesg fechan o'n blaenau ni. Mae'r athrawon eraill wrth eu desgiau a llyfr mawr a phin sgwennu yn nwylo pob un ohonyn nhw. Maen nhw'n gweiddi enwau ac mae yna leisiau plant yn gweiddi rhywbeth tebyg i 'Hîsyr' neu 'Iyrmus' o'u seddau.

Dyma Mrs Barnwell yn dechrau gweiddi enwau rŵan. Dwi'n sylwi mai enwau genod ydyn nhw ac mai 'Iyrmus' mae'n dosbarth ni yn ei ddweud.

"Eifiona Jane Edwards?"

"Iyrmus."

Mae hi'n eistedd reit o 'mlaen i. Ydi hwn yn un o'r pethau yna roedd Jac yn sôn amdanyn nhw neithiwr – 'Cau dy geg nes bod rhywun yn dweud wrthat ti am siarad'? Fysa'n well i mi ddechrau ymarfer dweud 'Iyrmus' fel pawb arall? Dwi'n agor fy ngwefusau i ddechrau gwneud siâp ceg ond dwi'n methu'u cael nhw i symud. Mae'n union fel petai'r hen salwch aflwydd yna yn ei ôl eto ac yn creu cwlwm yn fy nghorn gwddw i.

Mae Mrs Barnwell wedi dechrau galw enwau hogiau rŵan. Toc dyma Aled wrth fy ochr i'n dweud 'Iyrmus' yn glir. Ond dydi fy ngwefusau i ddim yn symud ac mae fy ngwddw i'n sych.

"Rowbyt Elis Jowns?"

Mae gan hwn'na enw tebyg i mi ydi'r peth cyntaf aeth trwy fy meddwl i. Bob ydw i i bawb, ond Robat Elis yn y capel.

"Rowbyt Elis Jowns?"

Y fi mae hi'n feddwl, mae'n rhaid! Dwi'n agor fy ngheg yn lletach ond dydi fy ngwefusau i ddim yn symud. Mae'r gair fel petai o'n drwm yng ngwaelod fy mol i.

"ROWBYT ELIS JOWNS?"

"Iyrmus."

Ac mae hi'n galw'r enw nesaf. Ond nid y fi wnaeth ei hateb hi. Ac nid Aled ddwedodd y gair chwaith. Yn sydyn, dim ond am chwinciad pan mae Mrs Barnwell yn edrych draw at ochr bellaf y ddesg hir, mae pen cyrliog, du Eifiona yn troi o fy mlaen i ac yn edrych arna i heb wên na gwg. Dim ond am chwinciad. Ond dwi'n gwybod wedyn mai hi wnaeth ateb drosto i.

Cyn hir, mae'r galw enwau a'r ateb drosodd. Mae ambell enw heb ei ateb hefyd ac mae Mrs Barnwell yn flin wrth edrych o gwmpas am yr enw hwnnw.

Yna mae bachgen tal o'r pentref yn dod i mewn drwy ddrws y bechgyn mawr, ei wyneb yn goch ac ôl rhedeg arno. Mae'n hwyr.

Mae Mr Barnwell yn cydio yn un o'r cansenni ar silff ei ddesg ac yn cythru amdano a rhoi ergyd iddo ar bob llaw.

Pennod 6

Does neb yn gwneud siw na miw wrth i'r bachgen tal wneud ei ffordd at un o'r desgiau pellaf ac eistedd. Mae llygaid yr ysgol i gyd rŵan ar y prifathro. Mae'n cerdded ar hyd blaen y dosbarthiadau yn dal cortyn uwch ei ben gyda'i law chwith a chansen yn ei law dde. Mae darn o bren wedi'i glymu wrth y cortyn. Pan ddaw o flaen ein dosbarth ni, dwi'n gallu darllen dwy lythyren ... ôl dannedd llif: 'W', yna dau bolyn ffens a stanc: 'N'.

W.N.

Rhywbeth, rhywbeth ... "Welsh Not" mae Mr Barnwell yn ei weiddi gan chwifio'i gansen yr un pryd.

Mae'n defnyddio blaen y gansen i bwyntio at bob dosbarth yn ei dro ac yn gweiddi rhagor. Y tu ôl iddo mae Elen Jones – Miss Elen – yn edrych ar y llawr pan mae o'n rhuo ar ei dosbarth hi.

"Now let us prê," meddai ar ddiwedd y gweiddi.

Dwi'n troi i edrych ar Now, gan feddwl ei fod yn siarad efo fy mrawd eto ond er mawr syndod imi mae'r plant yn y dosbarthiadau eraill i gyd ar eu traed, eu pennau wedi'u plygu, eu llygaid ynghau a'u dwylo gyda'i gilydd. Maen nhw'n gweddïo. Mae lleisiau rhyw saith deg o blant yn dechrau gwneud sŵn gyda'i gilydd. Mae'n swnio fel trên yn mynd drwy Ddyffryn Conwy fel mae i'w glywed o Dyrpeg Uchaf – dim ond bod y trên yn yr un ystafell â fi.

Mae Mrs Barnwell yn arwyddo arnon ni gyda'i breichiau i sefyll ar ein traed. Dwi'n rhyw droi wrth godi, a dwi'n gweld fod y plant bach sydd wedi bod yn yr ysgol o'r blaen ar eu traed fel pawb arall ac yn adrodd llinellau'r weddi. Sut ar y ddaear maen nhw'n gwybod hyn i gyd? Fedra i byth ddysgu peth fel hyn.

Erbyn i'r plant bach newydd i gyd godi, rhoi'u dwylo ynghyd a chau'u llygaid a phlygu'u pennau, mae'r weddi drosodd – un "Amen" yr un fath â'r capel, ac mae'r ysgol i gyd yn eistedd.

Mae Mrs Barnwell rŵan yn sgwennu gyda sialc ar y bwrdd du. Dwi'n gweld mai llythyren ydi'r peth cyntaf – cylch, gwefus gron, y llythyren 'O'. Ond rhyw siâp fel sws heb ochrau sydd gan y peth nesa ati ar y bwrdd du: 'X'

Mae hi'n gwneud ceg gron ac yn pwyntio at y llythyren 'O' ac wedyn yn gwneud sŵn 'O'. Wedyn mae hi'n pwyntio at y siâp sws a gwneud rhyw sŵn yn ei gwddw fel y bydd Dad yn ei wneud pan fydd yn hel Fflei yr ast acw oddi wrth yr ieir: 'Css!'

'O,' meddai hi eto, a 'Css!'

Mae hi'n arwyddo ar ein dosbarth ni i gyd i godi ac mae'n amlwg ei bod hi eisiau inni wneud yr un sŵn â hi. Mae'n pwyntio at yr 'O' ac yn pwyntio aton ni.

Dwi'n gwneud ceg gron. Mae'r dosbarth i gyd yn dweud 'O' gyda'i gilydd. Ond does dim byd ond gwynt yn dod drwy fy ngheg i.

Eto ac yn uwch ydi'r arwydd yna gan Mrs Barnwell dwi'n meddwl.

Mae'r plant bach i gyd yn dweud 'O' ond mae fy ngwddw i wedi cau, er bod fy ngheg yn agored.

Eto ac uwch eto, meddai stumiau Mrs Barnwell.

Mae'r dosbarth yn rhuo 'O'. Dwi'n methu gwneud smic o sŵn. Wir, dwi'n trio fy ngorau. Dwi'n gwasgu fy mol i mewn. Dwi'n straenio fy ngwddw. Dwi'n siŵr bod fy wyneb i'n goch. Ond does dim pwt o sŵn yn dod drwy fy ngheg i.

Rydan ni i aros ar ein traed. Y sws sy'n cael sylw Mrs Barnwell rŵan. Mae hi'n gwneud y sŵn hel ci draw yna. Ddwywaith. Wedyn mae hi'n troi aton ni. 'Css!' meddai pawb. Heblaw fi. Dwi'n gweld Fflei. Dwi'n ei gweld hi'n prowla at ddwy iâr sy'n pigo ar y buarth adref. Dwi'n trio fy ngorau i weiddi 'Css!' ar Fflei, ond does dim sŵn yn dod o fy ngheg i.

Mae Mrs Barnwell yn gwneud siâp pont gyda'i llaw ar y bwrdd du rhwng y llythyren 'O' a'r 'sws'. Gyda'i cheg yn gron ar y dechrau ac yna'n troi i fod yn geg twll postio llythyr, mae'n cydio'r sŵn 'O' a'r 'Css!' gyda'i gilydd: 'Ocss!'

Mae'n pwyntio at y dosbarth, sydd ar ei draed o hyd.

"Ocss!" meddai pawb heblaw fi.

Mae'r geg yn symud yn iawn – dwi'n dechrau efo ceg gron ac yn gorffen gyda thwll llythyrau. Ond mae hi'n geg hollol fud. Dwi'n methu deall y peth.

Wedi gweiddi hyn dair gwaith, 'dan ni i gyd yn cael eistedd unwaith eto. Dwi'n adnabod ac yn gwybod be ydi sŵn pob llythyren yn ysgol Sul y capel ond welais i erioed mo'r 'sws' fel llythyren o'r blaen. Dwi'n deall erbyn hyn mai llythyren ydi hi. Mae'n rhaid bod rhai llythrennau Ysgol y Llan yn wahanol i lythrennau'r ysgol Sul.

Mae Mrs Barnwell wedi mynd i ben y rhesi ochr drws y plant bach rŵan. Mae hi'n pwyntio at y rhai sy'n eistedd reit ar y pen ac yn dweud rhywbeth. Mi wela i fod y plant bach sydd wedi bod yma cyn yr haf yn deall be mae hi'n ei ddweud ac maen nhw'n codi ac yn mynd at y cwpwrdd mawr brown y tu ôl i'r drws. Mae Mrs Barnwell yn pwyntio at y ddau sydd ar ben y rhes yn dechrau yn yr ysgol am y tro cyntaf, ac yn dweud rhywbeth yn siarp wrthyn nhw. Maen nhw'n codi ac yn gwneud yr un fath â'r plant bach eraill.

Mi welaf ddrws mawr y cwpwrdd brown yn cael ei agor. Mae'r drws yn ymestyn o'r llawr bron iawn at y nenfwd. Mae llawer o silffoedd y tu mewn ac mae'r plant pen rhes yn plygu i'r gwaelodion ac yn cario rhyw hanner dwsin o fframiau pren bob un. Dwi wedi gweld pethau fel hyn o'r blaen – 'dan ni'n eu defnyddio yn yr ysgol Sul. O fewn y fframiau mae llechen ac mae modd sgwennu ar honno gyda phensel garreg.

Mae'r llechi sgwennu yn cael eu cario i ben pob rhes ac yna'n cael eu pasio o un i un. Mae'r plant sydd ar eu traed yn mynd yn ôl i'r cwpwrdd dan orchymyn arall gan Mrs Barnwell ac yn cario pensiliau carreg i bob rhes.

Erbyn hyn mae Mrs Barnwell yn sefyll o dan boster lliwgar yn y gornel. Dwi'n nabod ceffyl, ci, cath, mochyn, iâr, dafad ac oen ar y poster yn syth. Mae Mrs Barnwell yn pwyntio at fuwch fawr efo cyrn anferth. Nid buwch odro ydi hi ac nid tarw ydi o – rhyw fath o fustach heb bwrs godro ond gydag ysgwyddau llydan a chryf a'r cyrn anferthol yma ar ei ben.

Dyma Mrs Barnwell yn pwyntio at y fuwch gorniog a dweud "Ocss!" Ocss ydi hi felly. Welais i erioed un felly. Mae'n rhaid mai dyna be sydd ganddyn nhw yn Lloegr. Mae hi eisiau inni ddweud yr enw. Dair gwaith. A dwinnau'n methu gwneud sŵn un waith.

Mae hi'n dweud rhywbeth arall a dwi'n clywed sŵn crafu dychrynllyd y tu ôl imi. Dwi'n troi i gael cip a dwi'n gweld merch gyda'i gwallt yn blethen y tu ôl iddi yn crafu rhywbeth ar y llechen. Tynnu llun yr 'O' a'r 'sws' mae hi. Cip ar y lleill y tu ôl imi ac mae pob un a'i ben i lawr a'i dafod allan. Sôn am sŵn crafu.

Dwi'n rhoi penelin i Aled wrth fy ochr a nodio at fy llechen innau. Dwi'n cydio yn y bensel garreg ac yn gwneud llun 'O'. Dwi'n sgwennu, hynny yw. Mae'n anodd cael dechrau a diwedd yr 'O' i gyfarfod yn daclus ond dydi o ddim yn llun rhy ddrwg. Dwi wedi arfer sgwennu yn y capel ac ar y bwrdd yn y gegin, ond mae crafu llythrennau ar lechen yn fater gwahanol. Dipyn bach fel afal gyda lwmp ar ei ben. Wedyn dwy styllen giât ar draws ei gilydd – sŵn 'Css!' ar Fflei.

Mae Aled wedi gweld be dwi'n ei wneud a dwi'n ei glywed o wrthi'n gwneud yr un fath. Does yr un ohonom yn mentro sibrwd gair. 'Dan ni i gyd yn gwybod be ydi'r Welsh Not ac wedi gweld be sydd i'w gael am beidio â dilyn y rheol honno.

Mae'r sŵn crafu wedi peidio. Mae Mrs Barnwell yn gweiddi rhywbeth arall ac mae'r crafu'n dechrau eto y tu ôl imi. Cip bach sydyn eto a dwi'n gweld bod pob plentyn yn tynnu mwy o luniau'r llythrennau yma o dan ei gilydd ac yn dal ati nes llenwi'r llechen. Ar ôl gwneud hyn rhyw ddwywaith, mae'n dod yn hawdd imi.

Wedi cyrraedd diwedd y llechen, dwi'n codi fy mhen i edrych ar y fuwch gorniog eto. Ydi, mae hi'n edrych yn fuwch gref iawn – ond eto mae hi'n ddiarth o hyd. Dwi'n meddwl am Sioe Llanrwst. Mae pob math o wartheg yn y fan honno, nid dim ond y gwartheg duon bach corniog, ac ambell un benwen fel sydd ganddon ni ar y bryniau. Welais i rai coch, coch a gwyn, a glas a gwyn yn y sioe honno. Un gyda chôt flewog a chyrn hir, hir hefyd. Ond welais i erioed mo'r 'ox' yma yno.

Mae'r lleill yn dal i grafu'u llechi o fy nghwmpas i ac mae fy llygaid yn symud i edrych ar bethau eraill ar y waliau. Rhyw resi o ffigyrau 1, 2, 3 ac ati ar y cerdyn agosaf at yr anifeiliaid. Poster o lythrennau wedyn – dwi'n nabod y rhan fwya o'r rhain ond mae ambell un diarth eto hefyd. Be goblyn ydi'r cefn drws stabal yna reit ar y diwedd? Mae hi'n llinellau syth i gyd ac mae'n hawdd tynnu ei llun hi, ond welais i erioed gefn drws stabal ar bapur o'r blaen: 'Z'.

Mae fy llygaid i'n crwydro at Elen Jones – Miss Elen – o flaen y dosbarth agosaf aton ni. Does yna ddim wal rhwng pob dosbarth fel sydd yna rhwng y festri fach a'r festri fawr yn yr ysgol Sul, dim ond lle gwag yn llwybr i'r plant gyrraedd at y desgiau hirion. Mae gan Miss Elen bapur ffigyrau ar y wal hefyd ac mae hi'n pwyntio at rai ohonyn nhw ac yn dweud enwau llinell ohonyn nhw wrth y dosbarth, a'r dosbarth wedyn yn ei dynwared hi.

"Wahoaoi!" Mae Mrs Barnwell newydd weiddi rhywbeth dychrynllyd yn fy nghlust i ac mae'n edrych yn flin fel cath wedi'i throi allan o'r tŷ arna i.

Mae hi'n plygu at fy nesg ac yn cipio fy llechen oddi arni. Wedyn mae hi'n rhyw dawelu ac mae hi hyd yn oed yn gwneud sŵn yn ei cheg fel y bydda i'n ei wneud wrth fwyta fferins mewn ffair – 'mm'! Mae hi'n dal fy llechen o flaen y dosbarth ac yn pwyntio at y ddwy 'O' isaf arni – dyna'r ddwy lythyren fwyaf crwn. Dydi'r ddwy 'X' agosaf atyn nhw ddim yn ddrwg chwaith – y pennau a'r traed yn gorffen tua'r un lefel.

54

Mae Mrs Barnwell yn dweud rhywbeth mewn llais meddalach a bron nad oes yna gysgod gwên ar ei hwyneb wrth iddi roi'r llechen yn ôl i mi. Mae hi'n dweud rhywbeth sy'n swnio fel cwestiwn ac yn disgwyl am ateb.

Dwi ar fin dweud 'Diolch yn fawr' ond yn cofio mwya sydyn am y Welsh Not. Dwi'n gwneud dim ond nodio fy mhen i fyny ac i lawr fel buwch yn llyfu'i llo. Ond mae hi'n dal i ofyn rhyw gwestiwn sy'n swnio fel, 'Io-nêm'.

Mae'n dechrau gwawrio arna i ei bod hi eisiau i mi ddweud y gair.

"Io-nêm!" gofynnodd eto, ac mae'r mymryn o wên oedd dan ei thrwyn hi wedi diflannu.

Dwi'n gwneud ceg gron a dwi'n edrych fel petawn i am ddweud rhywbeth ... ond dwi'n gwybod na ddaw yna sŵn allan o fy ngheg.

Dyna pryd mae un o'r hogiau mawr yn canu'r gloch wrth ddrws yr hogiau mawr.

"Robat, mus." Glywais i hynny cyn i donc ola'r gloch ddistewi.

Nid fy llais i oedd hwn'na ond mae rhywun wedi dweud fy enw.

Mae Mrs Barnwell yn cerdded oddi wrtha i rŵan ac yn dweud rhywbeth sy'n cynnwys fy enw i. Dim ond mai 'Row-byt' mae hi'n fy ngalw.

Ond mae hi'n amser chwarae rŵan. Dwi'n gwybod be ydi ystyr y gloch 'na. Gawn ni fynd allan i'r haul rŵan.

Pennod 7

Pan ddown ni yn ôl at ein desgiau, mae hogan fawr gwallt melyn yn crio yn nosbarth y prifathro. Mae Mrs Barnwell yn sefyll wrth ochr ei gŵr ac yn pwyntio ati, ac yn achwyn amdani. Wedi iddi orffen mae Mrs Barnwell yn dod yn ei hôl i sefyll o flaen ein dosbarth ni ond mae pawb yn gwylio'r prifathro rŵan.

Mae'n estyn am y Welsh Not sy'n crogi ar beg bwrdd du ei ddosbarth ac yn ei gario o'i flaen gyda'i ddwy law. Mae'n dweud rhywbeth am 'Welsh' a 'Gillian Davies' ac yn codi'i lais i sgrech ar y diwedd.

Mae Gillian Davies – dyna enw'r ferch benfelen, am wn i – yn igian crio rŵan, ei bochau'n goch a'i dagrau'n powlio i lawr. Mae wedi plygu'i phen nes bod ei thrwyn bron â chyffwrdd y ddesg ac wedi mynd i'w gilydd i gyd.

Ychydig cyn hynny roedd Gillian a'i ffrindiau yn chwarae ar fuarth yr ysgol. Mae'r buarth wedi'i rannu'n ddwy ran – y merched a'r plant bach – gan gynnwys fi – yn un pen iddo a'r bechgyn mawr yn y pen arall. Doeddan ni blant bach ddim yn gwneud fawr ddim byd amser chwarae, dim ond sefyll wrth y wal yn gwylio'r genod mawr yn chwarae. Neidio gyda rhaff hir roeddan nhw, yn cyfri wrth i'r rhaff chwipio drostyn nhw ac yn gorfod ildio'u lle os oeddan nhw'n cymryd cam gwag a'r rhaff yn taro'u coesau.

Roedd Gillian yn cael hwyl dda ar y sgipio ond dyma un

o'r merched oedd yn dal pen y rhaff yn ei gollwng yn sydyn ac roedd yn rhaid i Gillian roi'r gorau iddi. Mi aeth hi'n ddadl wedyn oedd Gillian allan neu beidio.

"Ddim fy mai i oedd o fod yr iâr annifyr yma wedi gollwng y rhaff, yn naci?" gwaeddodd Gillian.

Mi gafodd fynd yn ôl i sgipio yn y diwedd, ond mi welais i Harri mab y siop yn gadael ein wal ni a mynd i ddweud rhywbeth wrth Mrs Barnwell oedd yn sefyll ar ris y drws. Mi welais honno'n nodio ac yn plethu'i breichiau.

Does gen i ddim amheuaeth mai'r Harri yna oedd wedi prepian fod Gillian wedi siarad Cymraeg amser chwarae. Dyma hi rŵan yn gorfod sythu'i chefn pan mae Mr Barnwell yn gweiddi arni, a chodi'i phen fel ei fod yntau'n rhoi'r rhaff am ei gwddw a gadael y styllen bren gyda'r 'W.N.' arni i hongian o'i blaen.

Aiff y prifathro yn ôl at ei ddesg a chodi cansen a'i chwifio ac arthio am rywbeth. Mae'n gorffen drwy daro wyneb ei ddesg yn galed gyda'i gansen. Dyna Gillian yn dechrau beichio crio eto.

Dwi'n troi fy mhen i edrych ar Harri ymhellach draw na fi yn y rhes flaen. Bron nad oes yna wên llwynog o dan ei drwyn o erbyn hyn. Fel pob un ohonon ni cyn inni ddechrau yn yr ysgol, mae'n gwybod yn iawn be ydi'r drefn. Gan ei fod o wedi achwyn am un arall o'r plant, petai o'n cael ei ddal yn siarad Cymraeg yn y dyfodol, dim ond rhybudd fyddai o'n ei gael y tro cynta. Os byddai'n cael ei ddal yr eildro, byddai'n cael y Welsh Not fel pawb arall, wrth gwrs. Ond mae ganddo un cyfle bach i fyny'i lawes erbyn hyn.

Mae'r pwysau ar Gillian rŵan. Os clywith hi rywun yn

dweud gair o Gymraeg, mi gaiff achwyn amdano a bydd yn rhydd o'r Welsh Not. Os na chlywith hi Gymraeg gan un o'r plant – neu os na fydd hi'n achwyn – hi fydd yn cael y gansen ar ddiwedd y pnawn.

Yn dawel iawn, mae pob dosbarth yn troi at waith gweddill y bore. Mae Mrs Barnwell wedi symud at y cerdyn ffigyrau rŵan. Gan bwyntio at ffigyrau, mae'n dweud ei enw ac wedyn rydan ni i gyd yn codi ar ein traed ac yn cydadrodd enw'r rhif. Unwaith eto, dwi'n trio gwneud siâp ceg ond mae fy ngwddw i wedi cau. Erbyn amser cinio rydan ni'n crafu'r tri rhif cynta drosodd a throsodd ar ein llechi. Dwi'n nabod y rhain – un, dau, tri ydyn nhw yn yr ysgol Sul, ond fedra i ddim dweud be ydyn nhw yn Ysgol y Llan.

Allan ar y buarth, dydi Gillian ddim yn chwarae gyda'r criw merched ar y rhaff y tro hwn. Does neb yn mynd ar ei chyfyl. Pan ddaw hi'n agos at rywun, mae'r plentyn hwnnw yn cerdded oddi wrthi. Mae'r darn pren yn taro'i brest yn annifyr wrth iddi gerdded, ac mae'n symud y cortyn ar ei gwddw byth a hefyd am ei fod yn arw ar ei chroen. Mae'n closio at ochr y bechgyn weithiau ond mae'r rheiny'n dallt ac yn symud draw i gornel bella'r buarth hefyd. Mae'n llawer distawach ar y buarth nag oedd hi amser chwarae ganol y bore. Dwinnau'n cadw llygad ar Harri. Os ydi o'n rhoi cam i'r cyfeiriad yma, dwi'n symud draw i rywle arall. Tydw i ddim yn agor fy ngheg i ddweud dim byd wrth neb.

Canu gawsom ni ar ôl cinio. Ond cyn hynny, roedd Mrs Barnwell yn galw ein henwau ac yn marcio'r llyfr mawr eto. Dwi'n gwrando'n astud y tro yma ac yn gwrando ar blant y dosbarth drws nesa hefyd, a dwi'n siŵr mai 'Hiyr-mus!' mae pawb yn ei ddweud yn atebiad i'w enw. Dwi'n crynu wrth feddwl be sy'n mynd i ddigwydd pan fydd fy enw i'n cael ei ddarllen yn uchel. Mae'r frechdan jam ges i amser cinio yn lwmp o glai yn fy mol. Dwi'n clywed fy ngwddw'n boeth ac yn cloi o fy nhafod reit i lawr at y frechdan jam.

"Rowbyt Elis Jowns?"

"Hiyr-mus!" Y llais yna eto! Mae fy ngheg i'n agored yn barod. Fethais i ddweud dim byd ond mae fy ngheg yn dal ar agor wrth glywed Mrs Barnwell yn galw enw un o'r bechgyn eraill.

Mae'i llygaid ar ben pella ein rhes ni erbyn hyn a dyna pryd mae'r pen cyrliog du o fy mlaen yn troi yn sydyn ac edrych dros ei hysgwydd arna i. Dim ond am chwinciad chwannen, fel bydd Dad yn ei ddweud. Mae'n edrych i fyw fy llygaid – dim gwên, dim gwg, dim byd. Ond dwi'n gwybod rŵan. Eifiona Jên ydi fy llais dirgel i. Chwinciad chwannen ac mae hi wedi troi'i phen yn ôl i wynebu'r blaen. Yn y chwarter eiliad yna, dwi wedi dysgu rhywbeth – mwy nag yr ydw i wedi'i ddysgu mewn bore cyfan o waith ysgol. Ond fedra i ddim ei roi o mewn geiriau chwaith. Be sy'n bod arna i? Fedra i ddim dweud geiriau a fedra i ddim meddwl geiriau erbyn hyn.

Dydi'r canu yn Ysgol y Llan ddim fel y canu yn yr ysgol Sul chwaith. Ar ddydd Sul, mi fyddwn ni'n agor ein cegau fel ceffylau ac yn morio canu a chael hwyl iawn wrth glywed ein lleisiau'n gwneud cymaint o sŵn gyda'i gilydd. Yn Ysgol y Llan rydan ni'n swnio fel petaen ni'n canu am hen gi sydd wedi marw. Wn i ddim be ydi'r gân ond rhywbeth fel hyn dwi'n ei glywed:

"Meiri had e licyl lam,
     Licyl lam, licyl lam ..."

Mae Mrs Barnwell yn trio cael y plant bach sydd wedi bod
yn yr ysgol o'r blaen i ganu'r llinell gynta a'n bod ni sydd yno
am y tro cynta yn ailadrodd y geiriau yn yr ail linell.

Mae pawb wrthi'n mwmian canu a'i ben i lawr a'r
geiriau'n diflannu i rywle dan y styllod pren sydd o dan ein
traed.

"Licyl lam, licyl lam."

Yr unig beth sy'n dod i fy meddwl i ydi 'picyls a ham', ond
fedra i ddim canu am rheiny chwaith. Does dim ond poen y
gwynt yn crafu y tu mewn i 'ngwddw wrth imi geisio cael y
sŵn allan.

Mae Mrs Barnwell yn ein symud ymlaen ac mae'r plant
bach sydd wedi bod yma o'r blaen yn canu:

"An efri-wêr ddat Meiri went
     Meiri went, Meiri went ..."

Rydan ni i fod i ymuno â nhw ar y ddau air yna fel o'r
blaen, ond rhywsut dim ond 'Myn-w-went, Myn-w-ent' dwi'n
ei glywed, a gweld Dad yn gorwedd a'r garreg fedd arno a'i
fysedd yn waed i gyd. Dwi'n meddwl am y garreg fedd a'r holl
blant rheiny a gafodd eu claddu oddi tani. Erbyn diwedd y
canu, mae'r ystafell wedi mynd yn niwlog ofnadwy o flaen fy
llygaid.

Mwy o gadw draw a dim byd yn cael ei ddweud ydi amser

chwarae pnawn. Ychydig ar ôl i bawb gyrraedd eu desgiau ar gyfer y wers olaf, mae Mr Barnwell yn rhoi gwaedd ac yn pwyntio at sedd wag yn y drydedd ddesg o'r blaen yn ei ddosbarth. Mae'n galw enw Huw Williams ond does neb yn dweud dim byd.

"Huw Williams?" eto, yn uwch y tro hwn. Daw'r gansen i lawr a dawnsio ar wyneb y ddesg lle roedd Huw yn eistedd yn gynharach yn y dydd.

Mae un o'r plant yn dweud rhywbeth, a dwi'n meddwl mai dweud bod Huw Fron Dirion wedi mynd adref y mae o.

Mae'r prifathro'n gweiddi fel dyn o'i go' ac mae rhyw sibrwd yng nghefn ei ddosbarth.

Fel saeth, mae braich Gillian y Welsh Not yn yr awyr. Mae hi'n dweud rhywbeth wrth y prifathro ac yn codi ac yn pwyntio at fachgen llydan yn y rhes ôl. Dwi'n nabod hwn. Gareth Tyddyn Dolben ydi o. Mae o'n Standyrd Sefn ac yr un oed â Jac ni. Mae'n byw yn y fferm dros y ffordd i'n tŷ ni. Ond mae Gillian yn pwyntio ato ac yn dweud rhywbeth am "chwynnu maip".

Mae'n rhaid bod Gareth Tyddyn Dolben wedi dweud rhywbeth i'r perwyl fod Huw Fron Dirion wedi mynd adref i weithio yn y caeau gan ei bod hi mor braf, ac nad ydyn nhw wedi gorffen chwynnu maip eto. Mae'r prifathro yn codi'r Welsh Not oddi ar wddw Gillian Davies gyda'i ddwy law, ac yn cerdded at y rhes ôl fel blaenor yn cerdded i'r Sêt Fawr wedi cael llond bocs pres o gasgliad. Yn araf, mae'n cael Gareth i ymestyn ei ben ac mae'r Welsh Not yn cael ei grogi am ei wddw.

Stori oedd y wers olaf. Na, Mrs Barnwell yn darllen o lyfr

inni oedd y wers a dweud y gwir. Nid stori fel mae Miss Elen yn ei hadrodd inni yn yr ysgol Sul. Dim drama, dim cymeriadau, dim cyffro. Dim ond tonnau bach, bach o eiriau yn codi ac yn disgyn o'r llyfr. Roeddwn i bron iawn â rhoi 'mhen ar y ddesg a syrthio i gysgu, ac mae'n siŵr mai dyna faswn i wedi'i wneud oni bai i Aled roi pwniad imi.

Ond yna, mae drama ola'r dydd yn cael ei pherfformio o flaen yr ysgol gyfan.

"Gareth Roberts!" gwaeddodd y prifathro ar ôl cael sylw pawb.

Mae Gareth yn camu i'r blaen.

Cyfarthiad gan Mr Barnwell. Gareth yn dal ei law dde. Chwap. Cyfarthiad arall. Gareth yn dal ei law chwith. Chwap. Cyfarthiad. Y prifathro yn ei ergydio â'i holl nerth ar ei ddwy ysgwydd ac yna ar draws croen cefnau'i goesau ddwywaith.

"Six of the best for speaking Welsh in school!" sgrechiodd y prifathro.

Dydi Gareth ddim hyd yn oed wedi cynnig ochenaid fach i ryddhau'r poenau o'i gorff. Mewn tawelwch llethol, mae'n cydio yn styllen y Welsh Not a'i godi dros ei ben. Mae'n camu at y ddesg fawr a'i daro arni ac yna'n cerdded allan drwy'r drws. Am eiliad, dydi'r prifathro ddim yn siŵr beth i'w wneud. Yna, mae'n cydio yn y gloch i ddynodi bod yr ysgol ar ben am y dydd.

Wyddwn i mo hynny ar y pryd, ond dyna'r tro ola i neb weld Gareth yn yr ysgol. Byddai'n bedair ar ddeg fis Tachwedd ac ni lwyddodd yr un plismon plant i'w ddal ar gaeau Tyddyn Dolben a'i yrru'n ôl i'r ysgol. Roedd Ysgol y Llan wedi'i daro am y tro olaf.

Unwaith yr oedd Aled a finnau drwy giât yr ysgol ac yn croesi'r bompren, dyma fo'n dechrau siarad. Roedd fel melin bupur, fel potel a rhywun wedi tynnu'r corcyn allan ohoni.

"Wyt ti'n meddwl y cawn ni'r Welsh Not rhyw ddiwrnod, Bob?"

Edrychaf arno a meddwl sut ar y ddaear yr ydw i am ei ateb.

"Os ca' i o," meddaf yn y diwedd, ac yna rhyfeddu fod fy llais wedi dod yn ei ôl! "Os ca' i o, wna i byth achwyn arnat ti fel ei fod yn cael ei roi am dy wddw di."

"Hei, Bob!" meddai llais merch y tu ôl inni. "Mae gen ti dafod yn dy ben wedi'r cwbwl!"

Trof fy mhen a gweld Gwyneth ac Eifiona yn cerdded ar y llwybr y tu ôl inni. Gwyneth ddwedodd y geiriau yna. Does dim gwg na gwên ar wyneb Eifiona. Trof yn ôl i wynebu'r ffordd ymlaen yn syth, gan glywed fy mochau'n poethi a 'ngwar yn chwysu.

"Wyt ti'n mynd i ddeud rhwbath yn yr ysgol fory neu fydd Eifiona Llais Bob yn fan'ma yn siarad drosot ti eto?"

Mae fy ngwddw wedi cau eto. Ond wedi cau mewn ffordd wahanol, rywsut. Wrth y ffordd fawr, mae Aled a'r merched yn ei chroesi ond dwi'n disgwyl am Now i fynd am ffordd Uwch Afon gyda'n gilydd.

Ar ben allt Uwch Afon, wrth inni droi i gyfeiriad y rhos lle roedd ein tŷ ni, dyma weld Dei Coch wrth y ffynnon. Roedd wrthi'n glanhau'r tyfiant o'i chwmpas, torri'r clawdd yn ôl ac ailosod y cerrig lle roedd y dŵr yn cronni. Dyn ffordd y cyngor sir, neu 'lenthman' fel byddwn ni'n ei ddweud, ac mae'n gyfrifol am y ffosydd, y waliau a'r cloddiau ar y ffyrdd gwledig yr ochr yma i Langernyw.

"Sut mae'r hogia mawr heddiw?" gofynnodd Dei Coch yn siriol wrth inni nesu. "Ddysgoch chi rwbath o bwys yn yr ysgol 'na heddiw? Fyddai hi ddim wedi bod yn well ichi gael cribyn bob un a thwtio bol y clawdd 'ma efo fi?"

"Smai Dei?" meddai Now. "Be dach chi'n neud i'n ffynnon ni?"

"Glanhau o'i chwmpas hi, wel'di. Mi fydd yn haws ichi fynd ati rŵan."

"Ond mae'r dŵr yn fudur, Dei!" meddwn innau.

"Dros dro yn unig, Bob!" Mae Dei'n chwerthin a siglo'i ben a'r cnwd o wallt coch sydd ganddo. "Roedd rhai o gerrig yr ochrau wedi disgyn i mewn iddi. Gad i'r dŵr setlo ac wedyn mi fydd yn lanach nag y bu hi 'rioed. Tro pwy ydi hi i gario dŵr i'r tŷ heno?"

"Bob," atebodd Now ar ei ben.

"Now," meddwn innau.

Chwarddodd Dei Coch eto, cyn sobri ychydig a gofyn,

"A sut mae'ch tad chi rŵan, hogia?"

"'Run fath, Dei," atebodd Now. "Yn ei wely a'i gefn o'n ddrwg iawn."

"Cofiwch fi ato, hogia. Cofiwch fi ato." Mae Dei'n troi yn ôl a gosod carreg fawr yn ei lle ar wal y ffynnon.

Pennod 8

Nain Beic sy'n ein cyfarfod wrth giât tŷ ni ar ôl inni gyrraedd adref.

"Hogia, sut aeth hi yn yr ysgol heddiw?"

Does yr un ohonom yn ei hateb yn iawn, dim ond gwneud rhyw sŵn fel gwenyn meirch yn ein gyddfau.

"Aeth dy ddiwrnod cynta'n iawn, Bob? Wnest ti ffrindiau newydd? Now – be ydi'r ôl crio yma ar dy wyneb di?"

Heb lol mae Nain yn ein hel i'r tŷ a'n rhoi i eistedd wrth y bwrdd.

"Crempog yn gynta, yr hanes wedyn," meddai gan fynd am y radell wrth y lle tân lle mae un o grempogau tenau Nain yn cyrlio'n braf yn y gwres. Gan ddefnyddio'i ffedog i gydio yn y llestr poeth, mae'n tynnu platiad o grempogau parod o ddrws y popty wrth y tân.

"Dyma chi, hogia. Menyn, siwgwr a lemon ar y bwrdd. O! Ewch i olchi'r dwylo yna'n gynta!"

Mae cledrau a bysedd Now a finnau'n ddu fel petaen ni wedi bod yn chwarae gyda glo drwy'r dydd. Lliw'r llechi sgwennu ydi'r drwg – er mwyn eu glanhau 'dan ni'n gorfod poeri ar ein dwylo a golchi a sychu'r llechi efo nhw. Hanner munud wrth y dŵr a'r sebon ac mae'n dwylo'n ddigon glân i daenu siwgwr a lemon ar y crempogau, eu rowlio ac yna'n sglaffio fel petai hi'n ras yn erbyn y cloc.

Mmm! Does dim mor wych â chrempogau Nain. Fel arfer,

dim ond pan fydd pobol ddiarth yn galw fyddwn ni'n cael crempog. Mae hyn mor wych – dim ond Now a finnau'n claddu, heb orfod rhannu efo neb arall na chynnig y plât iddyn nhw yn gynta na dim. Yn fuan iawn, dim ond un grempogen sydd ar ôl ac mae Now a finnau'n ei llygadu ac yn llowcio'r rhai sydd gennym er mwyn bachu'r olaf. Now sy'n ei hennill ond drwy lwc mae Nain wedi gwagio jwg y gymysgedd ac wedi gorffen coginio'r grempogen ola ar yr un eiliad yn union. Fi sy'n cael y grempogen gynhesaf, felly!

"Reit, be ydi'r hanes?" gofynnodd Nain gan eistedd gyda ni wrth y bwrdd ar ôl inni orffen claddu. Fesul tamaid, mae hi'n cael stori'r gansen a gafodd Now ar ddechrau'r diwrnod.

"Y Welsh Not 'na!" poerodd Nain, a dwi'n siŵr ei bod hi wedi rhegi o dan ei gwynt. "Cofiwch eiriau yr hen Ceiriog, ddweda i:

'Llywelyn bach tyrd yma
Ac ar fy neulin dysga
Iaith dy fam yn gyntaf un
Ac wedyn iaith Victoria.'

Be amdanat ti, Bob bach – wnaethon nhw dy ddal di'n deud gair o Gymraeg yno heddiw?"

"Naddo, Nain," meddwn innau. "Ddwedais i ddim un gair o Gymraeg yr holl adeg ro'n i yn yr ysgol."

"Oedd gen ti ormod o ofn, 'ngwas i?"

"Oedd, Nain." Soniais i ddim nad oeddwn wedi dweud gair mewn unrhyw iaith arall tra oeddwn i yno chwaith.

"Ylwch, hogia," meddai Nain toc. "Mae'n rhaid ichi

chwarae llwynog. Dach chi'n gwbod be dwi'n ei feddwl?"

"Roedd yr hogia mawr yn mynd i goed Hafodunnos i chwarae llwynog amser cinio'r ysgol gwanwyn diwetha," meddai Now. "Ro'n i'n rhy ifanc i fynd yr adeg honno ond mae'n siŵr y ca i fynd eleni."

"Mae llwynog yn cadw'i ben pan fydd Donald MacDonald y cipar a'r helwyr ar ei ôl," esboniodd Nain. "Efallai yr aiff am Goed Rhan-hir cyn belled â nant Twlc, mynd i'r dŵr, cerdded i lawr y nant yn ôl am nant Rhan-hir, ac wedyn troi a mynd am Goed Hafodunnos a dilyn nant Collen i fyny am Ros-y-mawn."

"Ond mae hynny'n rhy bell inni ei wneud ar amser cinio o'r ysgol, Nain!" meddai Now. "Fasan ni ddim yn ôl cyn cloch amser chwarae'r pnawn!"

"Y llwynog ydi hwnnw, 'ngwas i," esboniodd Nain. "Ymddangos fel ei fod yn mynd un ffordd ond anelu am rywle gwahanol."

"Dwinnau ddim yn eich dallt chi rŵan chwaith, Nain," meddwn innau.

"Yn yr ysgol, mae hi'n Welsh Not. Ar y buarth, mae hi'n Welsh Not. Ydw i'n iawn cyn belled?" gofynnodd Nain.

Nodiodd y ddau ohonom ein pennau.

"Tasa'r sgwlyn yn cael ei ffordd, mi fasa hi'n Welsh Not yn y llan ac ar y ffordd adre hefyd," ychwanegodd Now.

"Dyna lle mae'r llwynog yn dod iddi," eglurodd Nain. "Peidio â chael eich dal yn yr ysgol ac ar y buarth, mi ddaw eich tro chi mewn llefydd eraill. 'Os na bydd gryf, bydd gyfrwys.' Glywsoch chi'r dywediad yna?"

"Lle dach chi'n cael y dywediadau 'ma i gyd, Nain," gofynnais.

"Mae gen tithau ddwy glust fel sy gen innau, yn does?" meddai Nain. "Gwrando a dysgu. Yn y llan, yn y capel – ac yn yr ysgol. Dysgwch bethau a'u cofio, ac wedyn dewiswch eich llwybr yn ofalus."

Mae blas y crempogau yn dal yn felys yn fy ngheg wrth i fi a Now gnoi cil yn dawel am sbelan ar yr hyn mae Nain wedi'i ddweud. Yna, yn torri ar y tawelwch, rydan ni'n clywed sŵn y gwely o lofft Mam a Dad a sŵn tuchan Dad wrth iddo drio symud.

"Ydi Dad yn well?" gofynnodd Now.

"Mae'n amser ichi'i weld o'n iawn," meddai Nain. "Dewch drwodd ato fo."

"Lle mae Mam?" gofynnais innau.

"Wedi piciad i'r Siop Fawr yn y llan i nôl pethau ddwedodd y doctor oedd eu hangen ar eich tad," atebodd Nain yn sydyn a'n hel drwodd i'r llofft yng nghefn y tŷ.

Mae Dad ar ei ochr yn y gwely, ac yn amlwg heb godi drwy'r dydd. Mae'n cynnig rhyw wên inni wrth ein gweld, ond mae'n brathu'i wefus yr un pryd.

"Sut aeth hi, hogia?"

"Da iawn, Dad," meddai Now. "Sut mae'r cefn?"

"Mi fydd yn well fory, dwi'n siŵr," atebodd yntau.

"Fuodd y doctor yn tŷ ni?" Dydw i erioed yn cofio bod y doctor wedi galw yma o'r blaen. Dim ond pobol sydd efo pres i dalu sy'n cael doctor yn y tŷ. Mae'n rhaid bod gennym ni ddigon o bres yn rhywle, felly.

"Do, roedd yn rhaid inni alw'r doctor, gwaetha'r modd," meddai Nain.

"A be ddwedodd o?" holodd Now.

"Digon o orffwys," atebodd Nain.

"Fydda i'n rêl boi mewn diwrnod neu ddau," ceisiodd Dad godi'n calonnau.

Ond doedd pethau'n ddim gwell mewn diwrnod neu ddau. Ddim yn llofft Dad. Ddim yn yr ysgol chwaith.

Roedd Mam wedi prynu rhyw gadachau yn Siop Fawr ac wedi cael 'powltis', meddai hi, gan y doctor. Rhywbeth drewllyd ofnadwy oedd hwnnw i'w daenu gyda chyllell ar y cadachau oedd yn cael eu tynnu o grochan o ddŵr berwedig ar y tân. Wedyn roeddan nhw'n cael eu cario'n stemio i'w clymu ar waelod cefn Dad. Roedd y gwres a'r powltis i fod i symud y drwg oedd yn rhoi cymaint o boen i Dad ac yn ei atal rhag plygu'i gefn a defnyddio'i goesau. Ond mae hi rŵan yn nos Iau ac mae Dad yn dal yn ei wely.

Yn yr ysgol, dwi'n tawelu wrth groesi'r bompren ac yn methu dweud gair o fy mhen nes y byddaf i'n ei chroesi ar y ffordd adref. Dydi Now ddim yn dweud dim ar y buarth chwaith, ond dwi'n sylwi ei fod yn gadael y buarth amser cinio ac yn mynd i 'chwarae llwynog' yn y nentydd tu cefn y llan tan mae'r gloch yn canu. Maen nhw'n dod yn ôl i'r ysgol yn griw blêr a hapus yr olwg yr adeg honno ond wedyn yn ddistaw wrth eu desgiau am weddill y pnawn.

Mae Eifiona'n eistedd yn y rhes o fy mlaen ac Aled wrth fy ochr bob dydd. Pan fydd Mrs Barnwell yn galw 'Rowbyt Elis Jowns' mae llais o fy mlaen yn dweud 'Hiyr-mus' yn gyflym bob bore a phnawn. Pan fyddan ni'n gorfod codi ar ein traed i ddweud ein llythrennau a'n rhifau, mae gen i siâp ceg ond does dim siw na miw yn dod dros fy ngwefus. Dydi hyn ddim yn boen imi erbyn hyn oherwydd dydi Mrs Barnwell ddim yn dod o amgylch y dosbarth fesul un a gofyn am atebion gan bawb yn ei dro, fel dwi'n gweld Miss Elen a Mr Barnwell yn ei wneud gyda'u dosbarthiadau nhw.

Wrth groesi'r bompren bob bore, dwi'n edrych i fyny at yr eglwys a'r fynwent. Pan oeddan ni yno'n torri'r gwair y Sadwrn cynt, roedd Dad wedi dweud wrthon ni pan oeddan ni'n eistedd o dan yr ywen yn cael toriad:

"Wyddoch chi be, hogia? Fydda i'n hoffi dod i'r fynwent yma i weithio. Mae llond y lle o bobol y llan, a dwi'n cofio ambell un ohonyn nhw. Maen nhw'n rhyw fath o gwmni wrth weithio yma. Eto, pobol fud ydyn nhw. Dydyn nhw ddim yn dweud gair yn uchel wrth imi dwtio o amgylch eu beddau nhw. Eto, ar ôl bod yma am dipyn, dwi'n meddwl 'mod i'n gwbod be maen nhw'n ei ddweud wrtha i hefyd! Pobol fud sy'n deud rhwbath o hyd ydyn nhw. Ydach chi'n dallt peth felly, dwedwch?"

Na, doeddwn i ddim yn dallt be oedd ganddo fo ddydd Sadwrn. Ond erbyn dydd Iau roeddwn i'n dweud wrthyf fy hun wrth groesi'r bompren am fuarth yr ysgol – "Rwyt tithau'n un o'r bobol fud yma rŵan, Bob." Dwi ddim yn meddwl bod Now yn gwybod dim am hyn.

Ar y bompren, mae'r un peth yn digwydd eto. Mae'r uwd yn fy mol yn troi'n garreg oer ac mae'n gwasgu'n drwm arnaf. Mae rhywbeth yn clymu yn fy mherfedd ac mae'r cwlwm hwnnw'n troi a dringo y tu mewn i mi nes cyrraedd fy ngwddw. Mae ochrau fy ngwddw'n gwthio i mewn ac yn cau twll fy ngwynt. Petai Nain yn cynnig crempog felys i mi'r foment honno, faswn i'n methu â'i bwyta. Ac yn sicr, faswn i ddim yn medru diolch amdani. Mae fy nhu mewn a fy ngwddw yn dynn wedyn drwy'r dydd. Does gen i ddim llais o gwbwl. Dwi'n gwneud yn siŵr 'mod i'n mynd i'r tŷ bach cyn cyrraedd yr ysgol ac yn ystod amser chwarae ac amser cinio oherwydd fasai gen i ddim llais – heb sôn am ddim Saesneg – i ofyn am gael mynd yn ystod y gwersi.

Ydw i'n sâl? Dydw i ddim yn gwybod. Efallai y dylwn i gael cadach a phowltis am fy ngwddw, fel mae Dad yn ei gael ar ei gefn. Ond wedyn wrth groesi'r bompren ar y ffordd adref, mae'r cwlwm, y gwasgu a'r garreg i gyd yn diflannu. Nid cadach a phowltis dwi eu hangen felly. Ond be?

Cyn te, mae Now a finnau'n mynd i weld Dad. Mae yntau eisiau gwybod pa eiriau Saesneg dwi wedi'u dysgu yn yr ysgol y diwrnod hwnnw.

"Ddysgais i 'wan, tŵ, thri' heddiw, Dad," fydda i'n ei ddweud. Neu, "Ddysgais i *dog* am gi a *cat* am gath heddiw, Dad."

"Da iawn, 'ngwas i," ac mae o'n gwenu ar ei gefn ar ei wely.

Dwi'n medru cofio a dweud y geiriau Saesneg yn iawn yn llofft Dad ond fedra i ddim eu dweud nhw yn yr ysgol. Nid gwrthod eu dweud nhw yr ydw i. Dwi eisiau eu dweud nhw fel pawb arall. Mae Aled yn troi i daflu cip arna i weithiau pan rydan ni ar ein traed ac yn dweud y geiriau gyda'n gilydd, ond dydi o erioed wedi sôn am y peth ar y ffordd adref. Mae Eifiona a Gwyneth yn cerdded o'n blaenau i fyny'r llwybr at y ffordd fawr ac weithiau'n cerdded y tu ôl inni. Ar y pnawn Iau, mi droes Gwyneth yn ôl atom ac roedd hi ar fin dweud rhywbeth – am 'Eifiona Llais Bob' mae'n siŵr – pan roddodd

Eifiona ddwrn ym môn ei braich. Caeodd ei cheg wedyn.

Be sy'n bod arna i? Methu siarad nid gwrthod siarad ydw i. Efallai mai nerfau wythnos gyfan ydi'r cwbwl ac y bydda i'n iawn yr wythnos nesaf. Dwi'n falch ei bod hi'n bnawn Iau. Falch ofnadwy. Dim ysgol yfory – mae hi'n ddiwrnod y saethu grugieir ar Fynydd Moelogan.

Pan ddown at y ffordd fawr, mae Eifiona yn troi at Now a finnau ac yn gofyn:

"Oes yna le da i chwarae cuddiad lle dach chi'n byw?"

"Mae Coed Twlc yn lle gwych," meddai Now. "Digon o bantiau a boncyffion trwchus."

"Gawn ni ddod acw ar ôl te?" gofynnodd Eifiona. "Ddoi di efo fi, Gwyneth?"

"Ia, iawn am wn i," cytunodd Gwyneth.

"Ga i ddod hefyd?" gofynnodd Aled.

"Ond Now, mae'n rhaid i ni ..." Dwi ar fin atgoffa Now o'r pethau sy'n rhaid i ni eu gwneud am fod Dad yn ei wely.

"Be sy'n bod arnat ti rŵan 'ta?" gofynnodd Eifiona a dwi'n teimlo fel petai gen i ryw broblem fawr o hyd.

Ar ôl te, mae'r tri ohonyn nhw'n cyrraedd Bronrhwylfa. Mae Now a finnau'n disgwyl amdanyn nhw ar y ffordd.

"Dewch! Ffordd yma!" gwaeddodd Now gan redeg i'w cyfarfod a throi i'r chwith.

Mae'r llwybr yn mynd â ni heibio Twlc, y fferm fach lle mae'r ddau hen frawd John ac Owen Elis yn byw.

"Wel, am enw ar dŷ!" meddai Gwyneth wrth inni basio.

I lawr wrth y nant, mae coeden fawr.

"Mi wnaiff hon fel coeden gyfri," meddai Now. "Ewch chi

i guddio – ochr yma neu ochr acw i'r nant – ond mae'n rhaid ichi fedru gweld y goeden yma cyn cuddio, iawn?"

Mae Now yn dechrau cyfri at ugain. Rydan ninnau'n ei sgrialu hi i bob cyfeiriad.

"Ugain ... Dwi'n dod, barod neu beidio!" gwaeddodd Now. Dwi'n swatio y tu ôl i foncyff mawr gweddol agos at y nant ond yr ochr draw iddi. Dwi'n gwybod y bydd Now yn craffu i bob cyfeiriad yn gyntaf. Toc mae'n gweiddi:

"Gwyneth! Dwi'n gweld dy ffrog las di yr ochr dde i'r goeden yn fan'cw! Wedi dy weld di, Gwyneth!"

"Nac wyt ddim, dwi o'r golwg," atebodd Gwyneth. Mae hi'n ffrae swnllyd am ychydig ac wedyn mae hithau'n ildio.

Dwi'n gallu clywed sŵn Now yn prowla o amgylch y nant. Mae'n ddigon o hen ben i chwilio'r cylch agosa ato i ddechrau ac wedyn ymledu'n ara deg. Mae ochr ucha'r nant rŵan ac yn pellhau bob eiliad, a dwi ar fin rhoi cynnig arni pan dwi'n clywed sŵn rhuthro.

"Aled! Dwi wedi dy weld di!" gwaeddodd Now.

"Cynta i'r goeden gyfri!" gwaeddodd Aled.

Dwi'n mentro cael cip dros y rhedyn sydd o gwmpas y boncyff a dwi'n gweld Aled a Now yn rasio o ddau gyfeiriad gwahanol a'r ddau'n gweiddi fel pethau gwirion. Now sy'n cario'r dydd. Mae ganddo gamau hirach.

Dwi'n tynnu fy mhen yn ôl unwaith dwi'n gweld bod Now yn dod i lawr y nant y tro hwn. Mae'n cerdded yn dawel ac mae'n anodd gwybod lle mae o. Dwi'n cael ysfa i godi 'mhen eto ond dyna sgrech wrth i Eifiona gael ei dychryn ganddo yn ei chuddfan, mae'n siŵr. Dyna ras swnllyd arall a dwinnau'n manteisio ar hynny i adael fy moncyff a rhedeg at un sy'n nes at y nant. Dwi mewn lle da i gyrraedd y goeden gyfri'r tro nesaf. Mae Aled yn gallu fy ngweld ond dwi'n dal fy mys ar fy ngwefusau.

Ar hynny, dyma waedd llawer uwch a llawer dyfnach na'n miri chwarae ni.

"Get out of my woods!"

Llais Mac ydi hwn'na, meddwn wrthyf fy hun. Dwi'n codi digon ar fy mhen fel bod un llygad yn gweld drwy'r rhedyn. Mae'r cipar gwallt coch yn rhuthro ar hyd y llwybr o gyfeiriad y plas a gwn wedi'i blygu dros ei fraich. Mae'r marc ar ei wyneb yn biws ffyrnig. Mae'n gweiddi a rhuo, ond cyn iddo ddod yn ddigon agos i ddal fy ffrindiau na gweld eu hwynebau'n iawn, mae'r pedwar wedi rhedeg am Dyddyn Twlc a'r ffordd nerth eu carnau.

Gallaf glywed y cipar yn arafu wrth y nant. Mae'n grwgnach a rhegi o dan ei wynt ond dydi o ddim yn ymlid ymhellach na hynny. Ymhen hir a hwyr, mae'n troi ac yn mynd yn ôl i gyfeiriad Coed y Plas. Dwi'n aros am hydoedd ac ar fin codi pan glywa i sŵn traed yn dod ar hyd y llwybr eto.

Dwi'n cuddio fy mhen eto. Traed gofalus ydi'r rhain. Dydyn nhw ddim yn rhuthro'n wyllt fel rhai Mac. Maen nhw'n pasio a mynd ymlaen am Goed y Plas. Dwi'n codi fy mhen i edrych yn y diwedd. Cefn Ifan fy mrawd ydi hwn'na! Be mae o'n ei wneud ar ei ben ei hun yng Nghoed y Plas? Ond dwi ddim yn mentro gweiddi ar ei ôl rhag tynnu sylw'r cipar eto.

Pennod 9

Fore trannoeth, dwi'n clywed llais Mam yn y gegin yn siarad efo Dad.

"Be ar y ddaear wyt ti'n ei wneud ar dy draed, Wil?"

"Mae hi'n ddiwrnod saethu'r grugieir, tydi, Lisa? Mae'r Capten a'r ciperiaid fy angen i efo nhw heddiw."

"Ond dy gefn di, Wil!"

"Twt, mae o'n ddiwrnod ysgafn, yn tydi," dwi'n clywed fy nhad yn ei hateb. "Dim pladur, dim cario cerrig, dim torri ffos efo caib. Tro bach ar y mynydd efo'r byddigions a'u capiau mynd a dod, a'u trowsusau dwyn afalau – dyna i gyd."

Mae Mam ar fin rhoi ateb brathog i hyn, dwi'n tybio, pan dwi'n agor drws ein llofft a cherdded i mewn i'r gegin.

"Ti'n well, Dad!"

Mae Mam yn gweld y wên a'r llawenydd ar fy wyneb ac yn troi i ffwrdd.

"Ddigon da i'r hyn sy'n galw heddiw, Bob," meddai Dad. "Ydw wir, digon da ar gyfer y Gloriys Twelfth."

"Be ydi hynny, Dad?" holaf innau.

"Mae hi'r deuddegfed o Awst heddiw 'ma," esboniodd Dad gan lapio sach am ei ganol noeth a'i chau'n dynn yn y tu blaen gyda phinnau. "Hwn ydi'r diwrnod cynta y mae hi'n gyfreithiol i fynd i'r mynyddoedd i saethu grugieir. Mae'r gyfraith yn rhoi chwarae teg i'r adar nythu, magu'r rhai bach a bod y rheiny'n medru hedfan yn iawn cyn bod y tymor saethu'n dechrau, ti'n gweld."

"Pam fod eisiau byddigions i'w saethu nhw? Pam na fedar y ffarmwrs a'r ciperiaid eu saethu nhw?" gofynnaf.

"O, mae eisiau gynnau drud i fedru'u taro nhw, yn does, Dad?" Mae Now wedi codi ac yn y gegin bellach.

"Wn i ddim am hynny, ond mae eisiau ergyd dda iawn. Maen nhw'n hedfan yn isel ac yn gyflym, wel'di."

"Gynt na cheffylau rasio, dydyn Dad?" meddai Now.

"Llawer cynt, ac yn medru troi ffordd yma, troi ffordd arall ar yr asgell. Mae'n dipyn o gamp, ac wedyn mae'r byddigions yn dod yma o bell ac yn talu'n ddrud i'r Capten yn y plas er mwyn dangos eu hunain efo'u gynnau."

"Mi wnaiff y Capten ffortiwn heddiw, yn gwneith Dad?" meddai Now.

"Diwrnod pwysig iddo fo, reit siŵr," meddai Dad. "Ond cofia eu bod nhw wedi bod yn gweithio drwy'r gaea at hyn. Dach chi'n cofio fi'n mynd i fyny i'r moelydd i losgi hen rug ym mis Chwefror? Wel mae hynny'n rhan o'r gwaith i gael grug ifanc i'r grugieir, yn tydi. Ac wedyn mae pob cipar ar y stad yn dal llwynogod a gwencïod a saethu piod ac adar ysglyfaethus, fel bod cywion y grugieir yn cael chwarae teg. Nythu ar y ddaear, dan ganghennau'r grug mae'r adar, ac felly mae llwynogod yn medru bod yn bla. Mae hyn i gyd yn costio i'r stad."

"Ddim yn dywydd rhy dda i'r byddigions heddiw, Dad," meddai Now, sydd wedi agor drws Bronrhwylfa ac edrych draw am Foel Derwydd, Moel Gydia a Mynydd Moelogan. Wedi wythnos o dywydd tanbaid a phoeth, mae cymylau duon uwch y moelydd.

"Terfysg, beryg," meddai Dad. "Mae hi'n hel am storm ar

ôl y dyddiau poeth 'na. Gorau po gynta y bydd y gynnau ar y mynydd."

Mae Dad yn ceisio gwisgo'i grys gwlanen dros y sach ond mae'n cael trafferth gyda'r llewys ac mae Mam yn gorfod codi'i freichiau'n araf i'w lle.

"Wyt ti'n dal yn siŵr y medri di wneud be sy angen heddiw, Wil?" mae Mam yn ei ofyn.

"'Mond cerdded a chadw llygad dwi'n ei wneud," atebodd Dad. "Gwaith ysgafn iawn. Mi gadwith y sach yma fy nghefn i'n syth wrth gerdded."

"Pwy fydd yn gorfod rhedeg efo'r grugieir cynta er mwyn iddyn nhw ddal y trên?" gofynnodd Mam.

"Gaiff un o'r hogia ifanc yma wneud hynny."

"Pam fod y grugieir isio dal y trên, Dad?" gofynnaf innau.

"Heddiw ydi'r cyfle cynta i'r tai bwyta crand yn Llundain goginio grugieir i'w cwsmeriaid cyfoethog, ti'n gweld. Mae gan y Cyrnol archeb am ryw bedwar dwsin fel arfer, i fynd yn syth ar y trên o Lanrwst i Lundain, fel eu bod nhw ar blatiau'r arglwyddi i lawr yn fan'na heno. Costio ffortiwn, elli di feddwl. Ond wedyn gân nhw frolio eu bod nhw wedi cael grugiar rost ar y Gloriys Twelfth."

"Be oeddan nhw'n neud cyn bod yna drên yn Llanrwst, Dad?" Dwi'n trio dychmygu ceffylau yn rasio am Lundain gyda sachaid o rugieir.

"Rhwbath sy wedi dechrau gydag oes y trên ydi hyn. Yn ôl yn nyddiau eich taid, a deud y gwir. Reit, lle mae 'nghôt i? Ydi'ch pastynau gennych chi'n barod, hogia? Mi fydd y drol o'r plas yma mewn dim."

Roedd Now a finnau wedi torri dau bastwn cryf, hyd ein

coesau, yn y coed yng nghefn y tŷ y noson cynt. Awn allan i'r ffordd i ddisgwyl y drol a chyn hir, gallwn glywed ei holwynion yn crensian y gro mân wrth ddringo at Bronrhwylfa. Tomi Cariwr sydd yn gyrru ac mae'n synnu braidd wrth weld fod Dad yno hefyd. Mae ceffyl go gryf ganddo yn tynnu trol sydd â rhyw chwech o hogiau a'u pastynau ynddi'n barod. Mae Aled yn un ohonyn nhw a dwi'n falch o fod yn ei gwmni ar ddiwrnod gwahanol iawn i ddiwrnod ysgol.

Mae hi'n llawen iawn yn y drol wrth inni fynd yn ein blaenau ar hyd ael y bryn. Mae Dad yn y tu blaen wrth ochr Tomi Cariwr, sy'n ei holi'n arw am ei gefn. Rydan ninnau yn y cefn yn canu 'Bonheddwr Mawr o'r Bala'. Dyma'r tro cynta i Aled ymuno â'r pastynwyr, fel finnau, ac mi rydan ni'n benderfynol o fwynhau'n hunain.

Ymhen rhyw filltir, rydan ni'n aros wrth ddrws fferm Wenlli ac mae dau o hogiau eraill yn dringo i'r drol. Yr hynaf ohonyn nhw ydi Gwilym Wenlli ac mae'n ymddangos i mi mai y fo ydi arweinydd y pastynwyr heddiw. Mae'n dechrau dweud wrthon ni beth i'w wneud.

"Mi fyddan ni'n sefyll mewn rhes hir, rhyw ddeg cam oddi wrth ein gilydd ar y foel. Fi fydd ar y pen ucha ac mi fydda i'n disgwyl am arwydd gan Mac fod y saethwyr i gyd yn eu llefydd. Fydda i'n rhoi arwydd i chi wedyn ac mi fydd y pastynu'n dechrau. Mi fyddan ni'n symud efo'n gilydd – mae'n bwysig nad oes neb yn llusgo'i draed neu mi all y grugieir ddianc i'r cyfeiriad anghywir drwy'r bwlch. Mi fyddan ni'n ysgwyd y llwyni, curo'r ddaear efo'n traed a gweiddi nes bod yr adar yn codi i gyfeiriad y gynnau. Ac mi fyddwch yn stopio pan fydda i'n dweud – neu ella mai chi fydd yn gig coch ar blât yn Llundain heno!"

"Be wyt ti'n feddwl gwneith hi, Wil?" Mae Tomi'n trafod y tywydd efo Dad. "Ydi hi'n mynd i ddal?"

Erbyn hyn rydan ni'n edrych i lawr ar hafn Dyffryn Conwy oddi tanom ac yn mynd am Dyrpeg Uchaf. Mae cymylau isel yn y dyffryn ac mae'r awyr yn ddu iawn uwch y moelydd.

"Storm sy ynddi, saff iti," meddai Dad. "Well i'r pastynwyr yma godi'r adar reit gyflym, ddwedwn i."

Rydan ni'n sefyll yn y rhes yn y grug, a hwnnw'n cyrraedd at fy nghanol. Hogyn mawr a hogyn llai bob yn ail ydi'r drefn i lawr o ysgwydd y foel at ffrwd o ddŵr yn y pant. Gwilym Wenlli sydd agosa at ael y foel. Draw yn y dyffryn oddi tanom mae'r cymylau'n terfysgu, fel rhyw gawr mawr efo poen yn ei fol.

Allan o'n golwg ni, mi wyddom fod rhes o ryw bymtheg o fyddigions yn eu dillad saethu. Roedd Dad a Tomi Cariwr yn eu helpu i wisgo'u strapiau cetris ac yn eu llwytho wrth y ddwy goets ddaeth â nhw i fyny o'r plas ac o dafarn y Carw Coch yn y llan, lle roedden nhw'n aros neithiwr. Bydd swper saethu mawr yn y plas heno, yn ôl pob sôn.

Yna dwi'n gweld Mac yn dod draw at Gwilym Wenlli. Mae ganddo wn ar draws ei fraich ac mae rhyw dân yn ei lygaid. Mae golwg stormus ar y marciau coch a phiws a melyn ar y croen sych ar ei foch chwith, gan wneud iddo edrych yn fwy enbyd nac arfer. Heb oedi dim, mae'n saethu 'chydig o gwestiynau at Gwilym. Holi a oedd pob un yn deall ei waith y mae o, gallwn feddwl. Mae ei lygaid yn wyllt bellach a'i aeliau coch yn cuchio. Mae ganddo wregys o getris ar draws ei frest ac wrth iddo gerdded i ffwrdd dwi'n ei weld yn tynnu dwy getrisen ohono ac yn llwytho'i wn.

Y cip olaf a gefais i ar Dad oedd ei weld o a Tomi yn cario basged fwyd fawr rhyngddyn nhw, a dau gipar yn gwneud yr un peth gyda basged arall, i gyfeiriad y cwt cysgodi saethwyr ar gopa Mynydd Moelogan. Mae'n rhaid i'r saethwyr gael digon o fwyd a diod ar ddiwrnod fel heddiw, meddai Now. Mae Dad yn gafael yn y fasged ag un llaw ac yn ceisio dal ei gefn yn syth gyda'r llall, ond mae'n hercian yn arw, er hynny.

Daw galwad o'r foel uwch ein pennau – mae Gwilym yn arwyddo arnom i ddechrau cerdded a phastynu. Ar unwaith, mae adar yn codi o'r ddaear – mae'n rhaid bod cannoedd ar y llethrau yma. Maen nhw'n galw a sgrechian wrth godi, sy'n swnio'n debyg i 'Go-bac, go bac, go-bac!' Dwi'n cerdded, curo'r ddaear a chwifio pastwn – mae'n waith caled i rywun fy maint i, gyda brigau garw'r grug yn bygwth fy moddi weithiau. Ond dwi'n llwyddo i gadw'r llinell yn syth ac mae'r adar yn codi'n heidiau rŵan.

Dyna'r ergydion cyntaf. Rydan ni'n codi'n raddol wrth bastynu, a chyn bo hir gallwn weld y llinell o saethwyr, pob un yn dal eu gynnau yn sgwâr oddi wrthym. Tanio dwy ergyd. Gynnau i lawr, ail-lwytho cetris. Anelu a thanio eto. Mae'r sŵn yn fyddarol. Mae'r adar yn hedfan yn isel ac yn gyflym ond mae llawer yn disgyn.

Dacw faner wen yn codi.

"Arhoswch!" gwaeddodd Gwilym. Mae'r tanio'n parhau nes bod yr adar olaf yn mynd heibio ac yna mae'r faner wen i fyny eto. Dwi'n gweld Dad a Tomi'n gollwng y cŵn duon. Y rhain fydd yn rhedeg i gario'r adar yn ôl i'w rhoi yn y sachau. Cyn bo hir dwi'n gweld Tomi'n taro sach ar ei gefn ac yn anelu'n ôl at goets y plas. Hon ydi'r sach fydd ar drên Llundain, mae'n siŵr.

Dacw Mac yn gweiddi rhywbeth a chwifio un fraich yn hanner gwallgof. Mae'n dal y gwn at yr awyr gyda'i law arall.

"Dewch," meddai Gwilym. "Maen nhw ar frys i gael saethu eto cyn i'r tywydd dorri. Brysiwch. Is i lawr y nant a gweithio'n ôl i fyny i'r un cyfeiriad."

Rydan ni'n pastynu pedair rhan o'r moelydd cyn cinio.

"Keep it up, laddies. No time to waste," meddai Mac wrth ein pasio'n bwyta brechdanau, er na ddeallais i'r un gair ddwedodd. Brechdanau bara gwyn hefyd – roeddan ni'n bwyta fel byddigions!

Wedi dwy linell o bastynu ar ôl cinio, duodd yr awyr nes ei bod hi'n anodd gweld y saethwyr ar ben y foel. Yna, fel ergyd o wn, holltodd mellten felen uwch ein pennau. Bum eiliad yn ddiweddarach, dyna daran anferth y tu ôl inni. Cododd un o'r ciperiaid faner wen ar y foel a'i chwifio'n wyllt.

"Maen nhw'n rhoi'r gorau iddi!" gwaeddodd Gwilym. "Maen nhw eisiau i ni fynd yn ôl i fyny. Mae'n rhy beryg ar y foel agored yma a hithau'n melltio, mae'n siŵr."

Dyna fellten fel corn carw gwyn drwy'r awyr eto. Yma ar ben y bryniau, rydan ni'n gweld milltiroedd o awyr. Mae'r fellten honno'n rhwygo'r cymylau ac yna dyma ni'n gweld fflach o olau ar Foel Derwydd.

"Mi wnaeth hon'na daro'r ddaear," meddai Now gan duchan i fyny'r llethr wrth fy ochr. "Doedd hi ddim yn bell, chwaith."

"Taflwch eich pastynau!" gwaeddodd Gwilym. "Mi awn yn gynt wedyn."

Pedair eiliad, ac yna taran.

"Cyfra'r eiliadau," meddai Now. "Am bob eiliad rhwng y fellten a'r dafarn, mae'r storm filltir i ffwrdd oddi wrthyn ni."

Erbyn inni gyrraedd ael y foel yn griw bochgoch yn ymladd am ein hanadl, mi welwn fod y byddigions i gyd yn y cwt cysgodi, a Dad a Tomi wrth y drws yn dal y gynnau. Mae'r cap mynd a dod olaf yn mynd i mewn ac yn rhoi ei wn ar ben y pentwr o ynnau sydd eisoes ar ddwy fraich agored Dad.

"Pam eu bod nhw'n gadael eu gynnau, Now?" gofynnaf.

"Haearn yn tynnu mellt, tydi? Mae'r byddigions yn saffach yn y cwt mochel heb eu gynnau haearn," atebodd Now.

"Wneiff y fellten yna ddod o'r awyr a tharo'r gynnau sy gan Dad a Tomi?"

"Mi all," meddai Now. "'Dan ni'n uchel ar y foel. Mae'r fellten yn chwilio am le i daro'r ddaear ac mae'r gwn yn cynnig hynny iddi."

"Ond be am Dad a Tomi?"

Ar hynny, dyna fellten yn goleuo'r awyr y tu ôl i'r cwt cysgodi.

"Ty'd! Tria'i gweld hi!"

Wrth inni redeg am y cwt, mae Mac yn dod i'r golwg ac yn llamu'n wyllt i'r un cyfeiriad. Mae wrth y drws o'n blaenau. Gwelwn law un o'r saethwyr yn dod drwy'r bwlch ac yn gafael yng ngwn Mac, gan fwriadu ei lwytho ar ben baich Dad, mae'n siŵr.

"Let go o' my gun!" rhuodd Mac, gan neidio'n ei ôl fel

chwip a gostwng ffroen ei wn i fygwth perchennog y llaw yn y cwt. Ciliodd honno yn ôl i'r tywyllwch ar frys.

"Nobody takes the gun off me!" chwyrnodd Mac wedyn.

Pennod 10

Mae Mac yn dal i gario'i wn ei hun a dwi'n sylwi fod hynny'n wir am y ciperiaid eraill hefyd.

"Go and get the baskets and skedaddle for the waggon," meddai Mac wrth Gwilym a dau arall. Ddeallais i ddim gair heblaw 'Go' ond mi welais yr hogiau'n nôl y basgedi bwyd a rhedeg am y ffordd. Mae rhai eraill o'r hogiau'n cario'r sachau sydd yn llawn grugieir. Eisoes, mae Dad a Tomi wedi cychwyn ar draws y foel gyda'r gynnau.

Gwaedd arall gan Mac ac mae'r byddigions yn dod allan o'r cwt cysgodi ac yn rhyw redeg fel gwartheg am y drol a'r coetsys. Dwi'n sylwi eu bod yn cadw'n ddigon clir oddi wrth Dad, Tomi a'r gynnau.

Mellten a tharan arall. Dau eiliad oedd rhyngddynt.

Mae Dad mewn trafferth. Mae wedi arafu ac mae'n sefyll yn gam. Mae Now wedi sylwi hefyd.

"Ty'd i'w helpu o, Bob."

Pan gyrhaeddwn Dad mae Now yn tynnu tri gwn oddi arno a'u rhoi ar draws fy mreichiau i. Wedyn mae'n cydio yn y pump arall ei hun.

"Dowch, brysiwch."

Mae Dad yn hercian gorau fedr drwy'r grug. Dwinnau'n ceisio mynd, ond heb weld dim byd o fy mlaen ond bareli gloyw'r gynnau. Mae llais Now dipyn o'n blaenau erbyn hyn ac yn gweiddi arnom i ddod yn gynt.

Mellten, a tharan yn syth ar ei chynffon. Yn sydyn, clywais ddeigryn bras o law yn taro fy moch. Un arall ar fy mraich.

"Gimme here, laddie. What a bunch of cowards are these lairds and colonels, eh? Sassenachs!"

Chlywais i mohono'n closio, ond Mac sydd yno. Mae'n cymryd y gynnau oddi arnaf, yn troi i edrych ar Dad a dweud, "Go and help your father."

Yna, mae'n mynd yn ei flaen i rannu llwyth Now.

Dwi'n deall 'help' hefyd ac felly dwi'n cynnig ysgwydd i Dad, rhoi braich am ei ganol a cheisio'i gael i'r drol cyn gynted ag y medraf.

Erbyn inni gyrraedd yno, mae'r glaw yn ei thywallt hi. Mae dafnau'n bownsio'n wyllt ar y ffordd ac ar y drol. Gallwn weld cerbydau ysgafn y plas yn gwibio i lawr y ffordd eisoes, eu llond o fyddigions. Mae'r ciperiaid a'r holl offer o amgylch y drol.

Mae Mac yn gweiddi a gorchymyn fel dyn o'i gof. Rydan ni'n llwytho'r sachau, y gynnau a'r adar dan fainc gyrrwr y drol, wedyn y basgedi bwyd. Mae'r ciperiaid yn eistedd ar y rheiny ac yna ninnau'r hogiau ar lawr y drol yn gymysg gyda'r cŵn. Mae Mac, Dad a Tomi ar fainc y gyrrwr ac o'r diwedd rydan ni'n cychwyn yn ôl am Dyrpeg Uchaf.

Wnaiff y ceffyl ddim trotian dan y fath lwyth ac mae'n rhaid i ninnau'r hogiau gerdded i fyny allt Wenlli er mwyn ysgafnu'r baich. Ymhell cyn cyrraedd adref, mae pob un ohonon ni'n wlyb at ein crwyn. Mi allasai rhywun feddwl mai wedi bod yn pysgota rydan ni, nid yn saethu grugieir.

O flaen Bronrhwylfa mae'r drol yn sefyll i ni fynd oddi arni. Dwi'n sylwi fod Mac yn rhoi ei ysgwydd dan Dad i'w gynorthwyo i lawr o fainc y gyrrwr ac yn ei helpu wedyn drwy'r glaw at ddrws y tŷ. Mae Mam wedi agor hwnnw'n barod i'n derbyn ni. Mae'n dal i ffustio bwrw glaw. Wrth droi yn y drws mae Mac yn estyn swllt bob un i Now a minnau ac yn dweud rhywbeth sy'n swnio fel 'Thanks, laddies,' cyn rhedeg yn ôl drwy'r storm am y drol.

O flaen y tân, mae Mam yn helpu Dad i dynnu'i gôt a'i grys ac yn agor y pinnau sy'n dal y sach am ei ganol. Mae'n cael lliain i sychu'i hun ac mewn fawr o dro mae yn ei grys gwlanen nos sych ac yn ei wely. Pan af i mewn i'r llofft gyda phowlen o de poeth a bara iddo, mae perlau o chwys ar ei dalcen ac mae'i wên yn wan iawn.

"Mae gen ti dwymyn, Wil," meddai Mam. "Chodi di ddim o'r gwely yna am rai dyddiau."

Doedd neb ohonom i wybod hynny ar y pryd, ond chododd Dad fawr ddim o'i wely am y tair blynedd nesaf. Aeth ei boenau cefn yn waeth ac roedd yn ei chael hi'n anodd trin llwy wrth y bwrdd heb sôn am raw yn y caeau. Doedd gwas ffarm nad oedd yn medru codi dafad neu dyllu'r ddaear gyda throsol o ddim gwerth i neb. Mi fu'n rhaid i Mam fynd ar y plwy, gan dderbyn cardod o bum swllt yr wythnos i gadw tŷ a theulu a dau ben llinyn ynghyd.

Roedd hynny i gyd o'n blaenau. Yn hwyrach y prynhawn hwnnw, Jac oedd y nesa i gyrraedd adref yn wlyb fel dyfrgi. Mae'n rhaid bod Nain Beic yn cadw llygad amdano oherwydd prin ei fod wedi tynnu'i ddillad diferol na ddaeth hithau drwy'r drws i holi sut wythnos fu hi arno yn y dref.

"Dwi wedi cael enw newydd, mae hynny'n saff ichi," meddai Jac.

"Be ydi hwnnw, Jac?" gofynnodd Nain.

Daliodd Jac y trowsus gaeaf a bwythodd Mam iddo y penwythnos cynt.

"Jac Dau Drowsus ydw i rŵan!"

"O! Yr hen gnafon iddyn nhw!" meddai Nain.

"Waeth ichi befo," meddai Jac. "Does gan neb arall yn yr ysgol ddim tebyg i hwn. Dwi'n siŵr eu bod nhw reit genfigennus, a dweud y gwir."

"Paid â phoeni, driwn ni gael trowsus newydd iti erbyn diwedd y flwyddyn," meddai Mam.

Wydden ni ddim ar y pryd, ond Jac Dau Drowsus fu fy mrawd am weddill ei amser yn ysgol fawr. Ymhen blwyddyn, bu'n rhaid iddo roi'r gorau i gael llety yn y dref a chymryd benthyg beic Nain i fynd a dod o'r ysgol drwy bob tywydd.

Roedd Jac yn fy holi innau'n dwll sut aeth y dyddiau cynta yn yr ysgol. Aeth yn dawel iawn pan ddywedais wrtho mai gweld Now yn cael y gansen am geisio fy rhoi ar ben ffordd ar fy niwrnod cynta oedd y peth gwaetha hyd yn hyn.

"Mae ganddyn nhw ffordd ryfedd iawn o feddwl," meddai Jac ymhen hir a hwyr. "Maen nhw'n meddwl nad oes yna ddigon o le yn ein pennau dim ond i un iaith ac ychydig o eiriau iaith farw fel Lladin. Maen nhw'n meddwl mai drwy ffustio'r Gymraeg allan ohonan ni y mae gwneud lle i'r Saesneg."

"Dyna'r union wnes i ei ddarllen," meddai Nain Beic. "'Byddai siarad Cymraeg yn yr ysgol ddyddiol yn ardaloedd mwyaf gwledig Cymru flynyddoedd yn ôl yn drosedd erchyll.' Dyna oedd yn y cylchgrawn. Ond mae hynny'n drosedd o hyd yn Ysgol y Llan, yn tydi? Pam, Jac?"

"Y Welsh Not – 'you must not speak Welsh'," meddai Jac. "Mae rhai ysgolion yng Nghymru wedi rhoi'r gorau i'w ddefnyddio fo rŵan. Mae 'na ddyn deallus iawn sy'n gwneud llawer dros blant Cymru yn ceisio'i orau i gael athrawon a phrifathrawon Cymru i ddysgu hanes Cymru a barddoniaeth Cymru a phlwyfi Cymru yn ein hysgolion ni. Owen Edwards ydi'i enw fo."

"Wn i amdano fo!" meddai Nain. "Fo sydd y tu ôl i'r *Cymru Coch* a *Cymru'r Plant*, yndê? Dwi'n 'u prynu nhw yn ffair Llanrwst bob mis, ac wedi cadw pob un rhifyn o *Cymru'r Plant* ers pan ddechreuodd o ddeuddeng mlynedd yn ôl. Maen nhw wedi bod yn gaffaeliad mawr i mi wrth ddiddanu Bob 'ma pan oedd yn wael yn ei wely."

"O'r rheiny dach chi'n cael eich storïau, Nain?" gofynnodd Now.

"Ia, gan mwyaf," meddai Nain dan chwerthin. "A'r hen ddychmygion gwirion yna!" Mae'n troi ataf i ac yn gofyn, "Beth aiff i Lundain ar ei phen?"

"Wn i ddim, Nain."

"Hoelen mewn pedol!" Mae gan Nain Beic ryw chwerthiniad gwirion wrth ddweud pethau fel hyn. "O, ac mae gen i un arall! Un arbennig i ti, 'ngwas i. Roedd un afal ar y goeden ac roedd tri o fechgyn yn ceisio neidio er mwyn ei fachu oddi ar y brigyn. Yn y diwedd, cafodd bob un afal. Sut hynny?"

Tawelwch mawr yn y tŷ, yna gwelaf Jac yn siglo ac yn cuddio gwên y tu ôl i'w law. Dwi'n synhwyro ei fod yntau wedi darllen *Cymru'r Plant* sydd yn nhŷ Nain.

"Bob oedd enw un o'r plant!" gwichiodd Nain Beic. "Wyt

ti ddim yn ei gweld hi? 'Yn y diwedd, cafodd *Bob* un afal!' Da yndê! Dwi'n deud wrthach chi, mae pob rhifyn o *Gymru'r Plant* gystal â mis o addysg yn yr ysgol."

"Gwell, os rhwbath," meddai Jac. "Caneuon Cymraeg, hanes gwledydd Ewrop yn Gymraeg, gwybodaeth am y sêr a byd natur – mae'r cyfan ynddo."

"Yn un o'r rhifynnau hynny y ces i'r wybodaeth 'na am yr ystlum," meddai Nain. "Rhaid i'r ddau ohonoch chi ddod draw acw i ddechrau 'u bodio nhw, fel y gwnaeth Jac yma flynyddoedd yn ôl."

"Oeddach chi'n cael dysgu darllen Cymraeg yn yr ysgol, Nain?" gofynnaf.

"Twt, doedd yna ddim cyfle i mi fynd i'r ysgol, hogia bach! Doedd yna ddim deddf gwlad yn gorfodi pawb i gael addysg yr adeg honno. Lle merched fel fi oedd bod adra i helpu yn y tŷ ac o gwmpas y tyddyn. 'Mond ambell hogyn efo pres yn y teulu oedd yn cael ysgol."

"Ond sut eich bod chi'n medru darllen cystal ac mor hoff o wneud hynny i ni, Nain?" gofynnodd Now.

"Mam Cledwyn Saer yn y dosbarth ysgol Sul ddysgodd fi," atebodd Nain, a rhyw olwg bell yn ei llygaid. "Yr anrheg orau gefais i 'rioed. Dwi wedi cael oriau ac oriau o bleser pur. A mwy fyth o bleser wedyn yn cael darllen i 'mhlant ac i'r wyrion a'r wyresau. A phan ddechreuodd *Cymru'r Plant*, wel, ro'n i wedi gwirioni'n bot!"

"Ond sut nad ydi Mr Barnwell a phawb arall sy'n yr ysgol yn defnyddio rheiny 'ta?" holodd Now.

"Mae yna rai – na, dydi hynny ddim yn wir – mae yna lawer yng Nghymru sy'n meddwl bod dysgu rhwbath drwy'r

Gymraeg yn wastraff amser," meddai Jac. "Mae Cymraeg yn iawn i siarad efo'r moch a'r lloeau ac i weiddi ar y ci – ond rhaid ichi gael Saesneg i wneud popeth arall. Rhaid ichi gael Saesneg i fynd ymlaen yn y byd."

"Dyna ddwedodd Guto Bontsyllty wrtha i y tu allan i'r capel rhyw dro," meddai Now. "Mae Cymraeg yn iawn i fynd â chdi i ffair Llanrwst, ond rhaid iti gael Saesneg os wyt ti eisiau mynd i ffair Abergele neu'n bellach na hynny."

"Be mae Owen Edwards yn ei ddeud ydi fod hi'n bwysig cael y ddwy iaith," meddai Jac. "Mae o wedi teithio gwledydd Ewrop ac mae siarad dwy iaith yn beth arferol iawn yn fan'no. Mae dwy iaith fel cael dwy ffenest mewn wal, meddai. 'Dan ni'n gweld dwywaith cymaint, dwywaith pellach drwy ddwy ffenest, ac mae dwywaith mwy o olau'n dod i mewn i'n stafelloedd. Pobol un ffenest ydi'r rheiny sydd ddim ond yn siarad Saesneg, ac yn anffodus mae llawer iawn o'n hathrawon ni yn meddwl bod un ffenest yn ddigon hefyd."

"Be ydi 'Sassenachs', Jac?" gofynnais yn sydyn.

"Lle clywaist ti hynny, Bob?"

"Ar y foel pnawn 'ma," atebais innau. "Dyna alwodd Mac y cipar y byddigions yna oedd yn saethu'r grugieir pan wnaethon nhw ollwng eu gynnau i gyd ym mreichiau Dad a Tomi."

"Gair pobol yr Alban ar y Saeson ydi 'Sassenachs'," esboniodd Jac. "Fel arfer dydi o ddim yn cael ei ddefnyddio mewn ffordd glên iawn."

"Gair Saesneg ydi o, felly?"

"Na, mae gan yr Albanwyr eu hiaith eu hunain fel ni'r Cymry. Gair Gaeleg ydi 'Sassenachs'. Mae Mac yn dod o Ynys

Skye ymhell yng ngogledd yr Alban, a Gaeleg oedd ei iaith bob dydd pan oedd o'n hogyn bach."

"Mae ganddo fo'i iaith ei hun fel ninnau, felly?" meddaf, yn rhyfeddu.

"Oes. Ac mae'n deud 'chydig eiriau ynddi bob hyn a hyn. Diarhebion fel arfer, i geisio egluro ei hun. Ac mae'n ei chyfieithu i'r Saesneg er ein mwyn ni wedyn."

"O! Diarhebion!" Roedd Nain Beic yn gwirioni ar bethau felly. "Ty'd ag ambell un inni 'ta!"

"Os ti'n llosgi dy din o flaen tân, does 'na neb ond ti yn gorfod eistedd arno fo!" adroddodd Jac.

"Go dda!" meddai Nain. "Gwerth ei gofio heddiw ar ôl gwlychu yn y storm."

"Mae'r bobol yn gryfach na'r brenin – dyna un arall ganddo fo."

"Mae honno yn debyg i'r un Gymraeg – 'Trech gwlad nag arglwydd' – yn tydi?" meddai Now.

"Dwy iaith yn rhannu 'run gwreiddiau, wel'di," meddai Jac. "Ond fel ag y mae hi yn ein gwlad ninnau, mae llawer o athrawon ysgolion yr Alban yn gwahardd Gaeleg ac yn rhoi'r gansen i bob un sy'n ei siarad hi yn yr ysgol."

"Gafodd Mac y gansen am siarad Gaeleg, fel cafodd Now ni'r gansen am siarad Cymraeg?" gofynnaf.

"Synnwn i ddim," meddai Jac.

Dyna fuon ni'n ei drafod yn hwyr iawn y noson honno. Ychydig cyn noswylio, roedd y storm wedi clirio a'r machlud yn braf. Doedd y piwiaid ddim yn brathu chwaith – arwydd da rhag glaw, meddai Nain Beic.

Ar ôl cau ar yr ieir a bwydo'r moch, dwi'n sylwi bod dwy

rugiar wedi'u gadael ar bostyn giât yr ardd a dwi'n mynd â nhw i'r tŷ i Mam yn llawn syndod.

Pennod 11

Roeddwn i'n meddwl bod rhai pethau'n edrych yn weddol olau erbyn diwedd yr wythnos gynta honno yn Ysgol y Llan. Wedi clywed am gosbi Now, roedd Jac wedi gofyn i minnau a oeddwn i wedi cael fy nal yn siarad Cymraeg yn yr ysgol eto ac wedi cael rhybudd gan rywun.

"Na, Jac, dydw i ddim wedi cael fy nal. A deud y gwir, dydw i ddim wedi dweud gair o Gymraeg ers pan dwi yno chwaith," roeddwn i'n medru dweud wrtho yn hollol onest.

"Mae hynny'n beth anodd iawn, Bob. Ond os fedri di frathu dy dafod, gorau i gyd," atebodd Jac, "fel dwi'n gorfod ei wneud bob munud yn yr Ysgol Sir yna yn Llanrwst."

Dydi Jac ddim yn deall nad oes raid imi frathu fy nhafod. Tydi sŵn y geiriau ddim yn cyrraedd fy nhafod. Maen nhw'n sownd yn ddwfn y tu mewn i mi.

Ond mae fy nghyflwr yn cael ei daflu a'i draed i fyny fore Sul wrth weld nad ydi Eifiona yn yr ysgol Sul. Mae hi'n sâl, wedi dal annwyd ar ôl bod allan yn y storm, meddai'i mam wrth Elen Jones. Fydd hi yn yr ysgol fory i ateb drosta i?

Dwi'n craffu o gwmpas y buarth cyn i'r gloch ganu drannoeth ac mae'n reit amlwg nad ydi Eifiona ddim yno.

Cloch. Rhesi ac i mewn â ni. Does yna ddim lle gwag o fy mlaen gan fod Gwyneth yn sêt Eifiona, ond mi wn fod y bwlch yn enfawr yr un fath.

Wrth i Mrs Barnwell alw enwau'r merched, mae tawelwch ar ôl iddi ddweud 'Eifiona Jane Edwards'. Mae hwnnw'n dawelwch sy'n brifo.

Y bechgyn ddaw nesaf. Be wna i? Mae'r garreg yn fy mol, y rhaff yn fy mherfedd ac ogof fy ngwddw wedi'i chau'n dynn fel pob tro o'r blaen.

"Rowbyt Elis Jowns?"

Fedra i ddim dweud dim byd. Does neb i ateb drosto i chwaith. Yr unig beth fedra i wneud ydi codi fy llaw. Mae Mrs Barnwell yn ei gweld a dwinnau'n nodio fy mhen arni.

"Yes, boy?"

Fedra i ddim ateb. Dwi'n edrych i lawr gan ddal i nodio fy mhen.

Dwi'n synhwyro ei bod hi'n codi oddi wrth ei desg ac yn dod o flaen y rhes o ddesgiau.

"Yes, boy," meddai eto, ei llais yn fwy diamynedd ac yn nes erbyn hyn.

Chwarae teg iddo, mae Aled yn ceisio fy achub ac yn pwyntio ataf a dweud,

"Robat Elis Jôs, mus."

"Let him answer for himself."

Mae Aled yn pwyntio at ei wddw ei hun ac yn dweud "No ..." gan ymestyn ei wddw a phwyntio ato eto.

"He hasn't got any voice?"

"No, mus."

Siglaf fy mhen.

"Are you ill?"

Does gen i ddim syniad be ofynnodd hi, ond dwi'n dal i siglo fy mhen o ochr i ochr.

"But you don't have a voice?"

Dwi'n dal i siglo fy mhen.

Erbyn hyn, mae llawer o'r dosbarth agosa atom – dosbarth Elen Jones – wedi troi i edrych ar y ddrama. Dyma Mrs Barnwell yn troi at yr athrawes:

"Miss Elen, is this boy in your chapel class?"

"Yes, Mrs Barnwell."

"Do you know if he has a voice or not?"

"He seemed alright yesterday, Mrs Barnwell."

Does gen i ddim syniad be oedd y sgwrs honno ond dwi'n gweld bod Elen Jones yn anghyfforddus a'i bod hithau rŵan yn edrych ar y llawr. Mae Mrs Barnwell yn troi'n ôl ataf.

"Did you have a voice to speak in chapel yesterday, boy?" Mae'n taflu'r cwestiwn ata i, ond gan nad oes gen i syniad be sy'n digwydd erbyn hyn, dydw i ddim yn nodio nac yn siglo fy mhen.

"Answer me, boy!"

Fedra i ddim symud gewyn erbyn hyn.

"Miss Elen tells me you had a voice yesterday." Mae'n codi'i llygaid i edrych ar y dosbarth i gyd. "Has any of you heard Robert Ellis Jones' voice in school today?"

Does neb yn codi'i law. Mae'n troi yn ôl ata i gan roi arwydd imi godi ar fy nhraed.

"Stand up and say 'Here, miss'."

Dwi'n edrych ar ei gwefusau'n symud. Mae'n ailadrodd y geiriau, ond yn uwch y tro hwn,

"Say 'Here, miss'!"

Dwi'n deall be mae hi'n drio'i gael gen i. Mae 'Hiyr-mus' gen i tu mewn imi, ond fedra i mo'i gael allan drwy fy ngwddw. Mi fedra i wneud siâp ceg a dyna ydw i'n ei wneud rŵan. Mae hi'n ymestyn ei gwddw a throi ei chlust ata i.

"Louder boy, I can't hear you!"

Dwi'n gwneud siâp ceg 'Hiyr-mus' eto, ond heb smic o sŵn yn dod allan rhwng fy ngwefusau.

"LOUDER, BOY!"

Ar ôl i mi wneud siâp ceg am y trydydd tro, dwi'n sylwi bod y prifathro ei hun yn cerdded draw atom.

"Any trouble, Mrs Barnwell?"

"This boy won't say 'Here, miss' when I call the register."

"Won't or can't? Are you refusing to answer, boy?" Dwi'n deall ei fod yn gofyn rhywbeth i mi gan ei fod yn fy ngalw'n *boy*, ond fedra i ddim nodio na siglo fy mhen.

"He might have lost his voice since yesterday," awgrymodd Mrs Barnwell.

"We'll give him the benefit of the doubt for today," meddai Mr Barnwell, "and see how he is tomorrow. Sit down, boy."

Gan ei fod wedi rhoi arwydd, dwi'n eistedd. Mae Mrs Barnwell yn mynd yn ôl at ei desg ac yn gorffen darllen y gofrestr. Mae'r gwersi'n dilyn y patrwm arferol a finnau'n gwneud y siâp ceg arferol lle bo angen gwneud hynny. Adeg galw cofrestr ar ôl cinio, dwi'n codi fy mraich wrth glywed fy enw. Cododd Mrs Barnwell ei phen i edrych arna i ac yna troi yn ôl i alw gweddill yr enwau.

Mae Now yn disgwyl amdana i ac Aled yr ochr draw i'r bompren ar ôl ysgol y diwrnod hwnnw.

"Sut mae'r llais rŵan, Bob?"

Dwi'n pesychu ddwywaith a phoeri i'r afon.

"Cy-hym. Mae o'n ei ôl yn iawn rŵan, Now."

"Be oedd yn bod arno fo yn y dosbarth 'ta?"

Mae Aled yn sythu wrth fy ochr.

"Mae rhwbath yn bod ar lais Bob ers iddo fo ddechrau yn yr ysgol, Now. Dydi o ddim yn medru deud dim byd yn y dosbarth nac ar y buarth."

"Ydi hyn yn wir, Bob?"

"Ydi, Now. Dydi'r geiriau ddim yn dod allan o 'ngheg i. Dwi'n trio fy ngorau, ond dydyn nhw ddim yna. Fedra i ddim canu chwaith."

"Ty'd, awn ni am adra i weld be sy gan Mam a Dad i'w ddweud."

Wrth droi am y llwybr am y ffordd, mi wela i fod Gwyneth, Harri a rhyw ddau arall yn croesi'r bompren.

Mae Dad wedi bod yn ei wely drwy'r dydd a dydi o ddim yn codi i gael te efo ni chwaith. Dros frechdan jam a llaeth enwyn, mae Now yn sôn am fy mhroblem i wrth Mam.

"Ty'd drwodd i gael gair efo dy dad," meddai Mam wedi iddi fod wrth ei wely yn adrodd yr hanes.

"Does gen ti ddim llais, 'ngwas i?" gofynnodd Dad.

"Ddim pan dwi'n yr ysgol."

"Ddim yn medru siarad Saesneg ydi'r drwg, 'ta ydi'r hen anfadwch yna ges ti'n hogyn yn dod yn ei ôl?" gofynnodd wedyn.

"Wel, fedra i ddim siarad Saesneg, na fedra, ond dwi'n trio 'ngorau. Does 'na ddim byd yn dod allan."

"Fedri di drio dipyn bach mwy?" holodd Mam.

"Dwi'n trio 'ngorau glas bob dydd."

"Tria lyncu dy boeri, cymryd dy wynt ac wedyn dweud y gair," awgrymodd Dad. "Wnei di drio hynny fory?"

"Mi wna i, Dad, ond dwi ddim yn gwbod os gweithith o chwaith."

"Mi wn i ei bod hi'n galed," meddai Mam. "Ond mae pob un o'r plant eraill yma wedi gorfod mynd drwy'r un peth, wsti. Ddim ti ydi'r unig un."

"Ddim fi ydi'r unig un." Mae'r geiriau hynny'n canu yn fy mhen i fore trannoeth wrth glywed enwau'r merched yn cael eu galw gan Mrs Barnwell. Mae pob un ohonyn nhw'n agor eu cegau a dweud yr ateb disgwyliedig heb lol. Pob un heblaw Eifiona. Tydi hi ddim yno heddiw chwaith.

Dwi'n codi fy llaw wrth glywed 'Rowbyt Elis Jowns'.

Mae Mrs Barnwell yn edrych arna i.

Gwnaf siâp ceg 'Hiyr-mus'.

Dyma hi'n codi o'i sêt a dod o flaen y rhesi desgiau yn ein rhan ni o'r dosbarth.

"Have you lost your voice again today, Robert?"

Dwi'n nodio fy mhen wrth godi ar fy nhraed.

"No voice since chapel on Sunday eh, boy?"

Mi wn ei bod hi'n gofyn rhywbeth imi ynglŷn â bod yn y capel ddydd Sul a dwi'n dal i nodio fy mhen.

"Mus!"

Mae'r dosbarth – a Mrs Barnwell – yn troi i edrych ar Harri sydd â'i law yn yr awyr.

"Mus! Robat ... spîcio ... Now ..." ac mae'n pwyntio at y drws ac allan.

"Are you telling me you heard Robert talking to his brother outside yesterday, Henry?"

"Iess-mus."

Mae Mrs Barnwell yn croesi'r dosbarth ac yn mynd i gael gair gyda'i gŵr. Cwyd Mr Barnwell ar ei draed, sythu ac ymestyn am un o'r cansenni sydd ar ei ddesg. Aiff at y bwrdd du a dadfachu'r Welsh Not oddi ar ei beg. Daw ar draws yr ystafell fel petai'n cario llestri cymun yn y capel.

"We do not tolerate insolence, boy! Are you being rude to Mrs Barnwell?"

Dwi'n edrych arno ac mae fy ngwefus isa'n dechrau crynu.

"Let me hear you say 'Here, miss' loud and clear then," gorchmynnodd y prifathro.

Dwi'n gwneud siâp ceg grynedig gan edrych ar y gansen ac ar y Welsh Not.

"LOUDER, BOY!"

Fedra i ddim ond gwneud siâp ceg eto.

Mae Mr Barnwell yn edrych o gwmpas y dosbarth plant bach.

"Which one of you says that he heard this boy talking perfectly natural yesterday?"

Yn ara deg, mae Harri'n codi'i law i'r awyr. Mae Mr Barnwell yn troi'n ffyrnig a phwyntio'r gansen ataf i.

"Which means that you are refusing to speak English, boy! That is the same as speaking Welsh in school. You will wear this Welsh Not around your neck and follow the usual rules."

Mae'n dod i ben ein rhes. Dwinnau'n closio ac estyn fy ngwddw ato. Teimlaf bwysau pren y Welsh Not yn tynnu'r cortyn i mewn i groen fy ngwar.

Pennod 12

Mae pwysau'r Welsh Not ar fy mrest yn gwneud i mi feddwl am y cyrff yn y fynwent a phwysau'r garreg fedd ar eu hesgyrn. Ai dyma sut maen nhw'n teimlo, tybed? Carchar. Gwasgfa. 'Y bobol fud'. Yn ogystal â charreg yn fy mol mae gen i bwysau ar fy nghalon rŵan.

Dwi'n codi yr un pryd â'r lleill i enwi'r llythrennau a'r rhifau ond mae'n anoddach gwneud siâp ceg heddiw. Mae'n amhosib agor fy ngwddw.

Dydi cloch amser chwarae ddim yn rhyddid heddiw. Mae gwahaniaeth rhwng cael llonydd a chael eich cadw ar wahân. Dwi'n gweld Now o bell ar y buarth ac mae'n codi'i fawd arna i, ond chaiff o ddim croesi'r llinell ddychmygol rhwng lle'r hogiau mawr a lle'r plant bach – a fi. Pan dwi'n cerdded at y wal i bwyso arni, mae'r rhai yn fy nosbarth i yn symud ymhellach draw, y tu hwnt i glyw.

Mae hi'r un fath amser cinio, dim ond bod llai ar y buarth gan fod yr hogiau mawr yn chwarae llwynog yn y coed. Dwi'n meddwl am y llwynog a'r hyn ddwedodd Jac fod eisiau inni fod 'fel llwynog'. Be fasai o'n ei ddweud wrtha i heddiw, tybed?

Ychydig cyn i'r gloch ganu i'n galw'n ôl at wersi'r pnawn, mae Harri'n rhedeg ata i ac yn pwyntio at un o'r merched a dweud,

"Spîcio Welsh, Robat – spîcio Welsh!"

Dwi'n edrych ym myw llygaid Harri a dwi ddim yn siŵr o'r hyn wela i. Ydi o'n ceisio fy arbed i rhag y gansen? Neu ydi o wrth ei fodd yn prepian, yn meddwl mai dim ond drwy achwyn am bawb arall y gall achub ei groen ei hun. Dwi'n dweud dim ac mae'r gloch yn canu.

Yn ein rhesi, daw stori Jac am y dyn addysg yna yn ôl i fy nghof. Be oedd ei enw hefyd? Ia, Owen M. Edwards o Lanuwchllyn. Roedd Jac yn dweud ei fod wedi siarad Cymraeg yn yr ysgol a bod yr athrawes wedi rhoi'r Welsh Not am ei wddw yntau. Ond roedd Owen Edwards wedi gwrthod pasio'r Welsh Not ymlaen i blant eraill roedd yn eu clywed yn siarad Cymraeg. Roedd wedi gwrthod achwyn. Roedd wedi gwrthod bod yn was bach slei i'r ysgol a chario straeon i'r athrawes.

Roedd hynny wedi golygu bod Owen Edwards wedi cario'r Welsh Not bob dydd ac wedi cael cansen bob dydd. Yn y diwedd, roedd wedi rhoi'r gorau i fynd i'r ysgol ac yn treulio'r dyddiau'n crwydro'r wlad ac yn dysgu am fyd natur. Dyna sut ei fod yn medru sgwennu cymaint am adar, blodau ac anifeiliaid yn y *Cymru'r Plant* yna roedd Nain Beic yn eu darllen. Ond roedd o tua'r un oed â fy nhad ac roedd pethau'n wahanol yr adeg honno. Doedd dim plismyn plant i hel plant i'r ysgol bryd hynny. 'Chydig iawn fu Dad yn yr ysgol, meddai o – dim ond drwy'r ysgol Sul y llwyddodd i ddysgu darllen, sgwennu a chanu caneuon.

Wrth gerdded i mewn i'r dosbarth, dwi'n meddwl am Gareth Tyddyn Dolben yn taro'r Welsh Not ar ddesg y prifathro ac yn ei goleuo hi drwy'r drws heb fwriad o ddod yn ôl i'r ysgol byth eto. Ond roedd Gareth bron iawn yn bedair ar ddeg oed. Tydw i ddim yn naw eto. A beth bynnag, faswn i byth yn medru dioddef cael cansen heb grio, fel y gwnaeth Gareth.

Drwy'r wers ganu, dwi'n meddwl sut mae llwynog yn meddwl, a be fasai Jac yn ei ddweud. Dwi'n meddwl am y gansen hefyd a dwi'n gwybod nad ydi hi'n bell iawn rŵan. Ond yr un pryd, dwi'n gwybod na fedra i ddweud gair yn yr ysgol oherwydd methu siarad dwi, nid gwrthod siarad.

Erbyn amser chwarae pnawn, mae arna i eisiau cau fy hun yn y tŷ bach a chrio'n iawn nes mae'n amser mynd adref. Ond dydw i ddim yn mynd yno. Dwi mewn congl o'r buarth ar fy mhen fy hun tan mae'r hen Harri bach yna'n rhedeg ata i eto.

"Gwyneth spîcio Welsh! Gwyneth spîcio Welsh."

Y tu ôl iddo fo, dwi'n gweld Gwyneth yn sefyll ar ei phen ei hun ar ganol y buarth ac mae hi wedi dechrau crio yn barod. Drwy'r rhesi a'r cerdded i mewn, mae hi'n dal i grio. Ychydig ar ôl i ni eistedd, mae'r ferch agosaf at Gwyneth yn codi'i llaw a thynnu sylw Mrs Barnwell.

"Gwyneth, mus – pi-pi, mus!"

Mae Gwyneth wedi cael damwain.

Mae Mrs Barnwell yn rhoi llond ceg iddi ac mae hi'n gorfod mynd yn ôl allan. Pan ddaw yn ôl i mewn, mae hi'n gorfod sychu'r sêt ac eistedd yno a chael clywed y drefn yn cael ei dweud yn ofnadwy wrthi eto. Am weddill y pnawn, dwi'n ei chlywed hi'n cael pwl mawr o grio bob hyn a hyn ac mae hi'n cael ffrae arall.

Ychydig cyn y gloch olaf, mae Mr Barnwell yn tynnu sylw'r holl ysgol ac yn cerdded draw at ein dosbarth ni gyda'i gansen. Mae'n ei phlygu fel pont o'i flaen ac yn dechrau pregethu.

Dydw i ddim yn dilyn be sydd ganddo i'w ddweud wrthon ni, ond mae'r geiriau 'No ... Welsh ... sgŵl ..." yn cael eu hailadrodd drosodd a throsodd.

Mae ganddo rigwm hir, ac er nad oeddwn i'n ei ddeall ar y pryd, dwi wedi'i glywed digon o weithiau ers hynny nes fy mod yn ei gofio fel adnod:

"I speak in Welsh to count the sheep,
I shout in Welsh to drive the dogs,
But English is the way to keep
Me clean from mud and mountain bogs;
I'll speak in English in this land
Or strike the cane across my hand."

Wedyn mae'n pwyntio at arwydd ar y wal. Ymhen amser dwi wedi dysgu sut mae darllen hwnnw hefyd:

"No throwing stones in the yard,
No dirty hands in the classroom.
No speaking in Welsh."

Erbyn hyn mae'r prifathro yn edrych arna i fel ci defaid yn llygadu dafad. Mae'n rhoi arwydd i mi godi a chyda blaen y gansen yn bachu'r cortyn sydd am bren y Welsh Not ar fy ngwddw. Mae'n gofyn rhywbeth imi am "spîc in Welsh" a dwi'n gwybod ei fod yn disgwyl i mi bwyntio bys at rywun arall yn y dosbarth. Dwi'n edrych ar Harri ac mae gen i ysfa fawr i bwyntio fy mys at hwnnw. Ond dwi'n gwybod y byddai Harri'n protestio'n danllyd ac yn enwi Gwyneth, ac y byddai'n waeth arna innau yn y diwedd. Siglaf fy mhen.

"Answer properly, boy!" gwaedda'r prifathro.

Er nad ydw i'n deall y geiriau, dwi'n gwybod be mae o'n ei ddweud, felly siglaf fy mhen eto a gwneud siâp ceg 'No-syr'.

"I can't hear you, boy!"

Dwi'n plygu 'mhen.

Wedyn, mae rhywbeth annisgwyl yn digwydd. Dwi'n clywed llais Elen Jones yn dweud rhywbeth yn dawel wrth Mr Barnwell. Er nad oes gen i lais, mae fy nghlustiau'n clywed yn iawn. Mae hi'n dweud rhywbeth am 'ffyrst teim'.

Ac mae'r prifathro'n codi'r Welsh Not gerfydd y cortyn gyda'r gansen oddi ar fy ngwddw i. Wrth wneud, mae'n gwneud yn siŵr fy mod yn clywed graen y gansen ar fy moch er mwyn i mi gael blas o'i phren ar fy nghroen. Yna clywaf 'ffyrst teim' a 'warning' a 'last teim' ac mae'n nodio ar yr hogyn sy'n canu'r gloch.

Dwi'n mynd ar draws y buarth ac allan drwy'r giât fel bwled i ddal i fyny efo Now ar y bompren er mwyn cael gwybod be sydd wedi digwydd.

"Mi fuest ti'n lwcus iawn heddiw, Bob," meddai fy mrawd. "Rwyt ti wedi cael rhybudd yn unig y tro 'ma am mai dyma'r tro cynta iti gael dy ddal yn gwisgo'r Welsh Not. Fydd hi ddim yn dda arnat ti'r tro nesa."

"Bob ..." meddai llais y tu ôl i mi. "Bob ..."

Gwyneth sydd yno. Mae'i llygaid hi'n llawn dagrau a fedr hi ddim dweud dim byd arall.

Dwi'n nodio arni ac yn rhoi gwên fach ac wedyn yn dilyn fy mrawd i fyny'r llwybr.

Drwy'r noson honno, dwi'n meddwl am fy enw'n cael ei

alw o'r gofrestr fore drannoeth. Dyna sydd yn fy mhen i yn fy ngwely ac uwchben fy uwd. Dyna glywa i wrth ddweud 'hwyl fawr' wrth Dad yn ei wely ac wrth Mam ar riniog y drws. Dyna ydi'r sgwrs gyda Now ar y ffordd i'r llan. Dyna pam ein bod ni bron yn hwyr yn cyrraedd y buarth ac yn gorfod rhedeg i'n rhesi neu wynebu cansen am fethu â chyrraedd erbyn naw o'r gloch.

Wrth eistedd yn fy lle wrth ochr Aled – y mawredd, meddwn wrthyf fy hun – mae Eifiona yn eistedd o fy mlaen! Mae hi wedi gwella ac mae hi yma yn yr ysgol.

'Hiyr-mus,' meddai hi pan mae Mrs Barnwell yn galw'i henw.

Dwi'n gweld mellt mwya sydyn ac yn poeni mwy fyth. Roeddwn i wedi setlo fy mod i am gael y Welsh Not am wrthod siarad Saesneg eto heddiw, ac na fyddai dianc rhag y gansen ar ddiwedd y pnawn y tro hwn.

"Rowbyt Elis Jowns?"

Dwi'n codi fy llaw i'r awyr fel o'r blaen.

"Hiyr-mus." Mae llais Eifiona wedi siarad drosto i eto.

Mae Mrs Barnwell yn codi'i golygon oddi ar y llyfr mawr ac yn dweud rhywbeth am 'no need' a 'hand in the air' cyn mynd ymlaen i'r enw nesaf. Mae Aled yn bachu fy mraich a'i thynnu i lawr.

Dwi'n digwydd edrych ar hyd y rhes ac yn digwydd cyfarfod llygaid Gwyneth. Mae hi'n rhoi'r wên fach leia erioed imi ac yn edrych i ffwrdd.

Dydw i ddim yn siŵr iawn be ydi o, ond mae rhywbeth wedi digwydd yn ein dosbarth bach ni y bore hwn. Dwi'n edrych draw ar Harri Geg Fawr, fel mae Aled yn ei alw, ac mae hwnnw wedi mynd i'w gilydd i gyd ond does dim golwg cario straeon arno. Mae Gwyneth a'i phen yn uchel eto ar ôl helyntion y diwrnod cynt.

Mae Aled wrth fy ochr ac Eifiona o fy mlaen.

Rhan 2

Llangernyw, Mawrth 1905

Pennod 1

Dwi newydd ddod adref o dŷ Nain Beic. Dwi'n darllen straeon ac ysgrifau o hen rifynnau *Cymru'r Plant* bob wythnos ac wedyn yn mynd at Nain i gael eu trafod nhw bob bore Sadwrn – dyna oedd ei anrheg Nadolig i mi. 'Dan ni newydd fod yn sgwrsio am Ogof Arthur a'r trysorau, a'r fyddin yn deffro pan fydd Cymru'n barod i gael ei harwain.

Mae Mam eisiau i mi fynd dros y pennill y bydda i'n ei adrodd yng nghyfarfod dathlu Gŵyl Ddewi'r capel pnawn fory. Dwi wedi'i ddysgu ar fy nghof a dyma fi rŵan o flaen gwely Dad yn y llofft oherwydd na fydd o'n medru dod i'r capel i fy nghlywed i.

"Reit, Bob. Dechreua di," meddai Mam. "A digon o lais rŵan i bawb yn y cefn dy glywed di'n iawn."

Dwi'n rhoi rhyw besychiad pwysig ac yn dechrau adrodd:

"Dyrchafwn heddiw'n eon
Hen faner goch y ddraig
A mynnwn weld ei phlannu

Yng Nghymru ar bob craig;
Chwi fechgyn bryniau Gwalia,
Ymunwch o un fryd
I godi baner Cymru
Uwchlaw banerau'r byd."

"Da iawn, 'ngwas i," meddai Dad. "Dwi 'rioed wedi clywed hwn'na o'r blaen. Y ddraig goch, baner y Cymry, ydi'r faner hyna yn y byd meddai Jac 'ma."

"Nain gafodd hyd iddo fo," meddwn innau. "Mewn hen ..."

" ... mewn hen rifyn *Cymru'r Plant*," meddai Mam gyda gwên. "Dydi hynny ddim yn anodd i'w ddyfalu!"

"Ddoist ti ag un adref efo ti heddiw?" gofynnodd Dad. Mae Nain yn gadael imi ddod ag un i ymarfer darllen bob wythnos ac yna'i newid am un arall y Sadwrn wedyn. Mae Jac yn fy helpu gyda'r darllen bob penwythnos.

Mae Dad eisiau fy nghlywed yn 'darllen yn synhwyrol', fel y bydd yn ei ddweud. Cael y geiriau a'r brawddegau i lifo'n naturiol mae hynny'n ei feddwl. Dwi'n darllen darn am bioden yn dwyn modrwy ac yn ei chuddio yn ei nyth. Erbyn diwedd y darn, mae Dad mewn gwayw, wedi aros yn yr un lle yn rhy hir ac yn gorfod cael help llaw gan Mam i droi fymryn ar ei ochr.

Dydi Dad ddim wedi codi o'i wely ers mis Awst a does dim golwg gwella arno fo. Rydan ni wedi gorfod mynd 'ar y plwy' am nad ydi Dad yn medru gweithio ar ffermydd y stad. Mi fu'n rhaid i Mam fynd o flaen pwyllgor y ficer yn yr eglwys ac rydan ni'n cael pum swllt yr wythnos. Ers hynny mae Jac (ydi, mae o'n Jac Dau Drowsus o hyd) wedi gorfod rhoi'r gorau i aros mewn llety yn y dref ac mae'n cael benthyg beic Nain i fynd i ysgol Llanrwst bob dydd. Mae Ifan yn dod â 'chydig sylltau adref efo fo bob hyn a hyn a does neb yn gofyn o ble maen nhw'n dod. Maen nhw'n rhywbeth i'w wneud efo'r plu ffesantod a'r gwaed cwningod sydd yn y cwt coed tân yng nghefn ein buarth ni, dwi'n amau.

Mae Now â'i drwyn yn *Ystraeon o Hanes Cymru* gan Owen M. Edwards yn y gegin a dwi'n gofyn iddo, "Oes gen ti stori imi, Now?"

"Chwilio am ddarn am Dewi Sant yn hwn at fory ydw i, ond mae 'na stori dda iawn yma am Garadog," meddai Now.

"Pwy oedd o, 'ta?"

"Arwr yma yng Nghymru pan oeddan ni'n ymladd y Rhufeiniaid oedd o," esboniodd Now. "Cafodd ei ddal yn y diwedd ac mi aethon nhw â fo â'i deulu mewn cadwynau yr holl ffordd i Rufain i blygu o flaen yr ymerawdr Cesar i erfyn am ei fywyd. Roedd pawb yn plygu o flaen Cesar, ond Caradog. Gwranda ar hyn:

'Yr oedd ef heb ofn, er mai carcharor oedd. A syllai pawb ar y brenin fu mor gadarn, ond a oedd mewn cadwynau'n awr.'

Edrych – dyma fo'i lun. Ac mae o'n deud wrth Cesar ei fod yn frenin o hyd, er bod Rhufain mor gryf ac wedi gorchfygu cymaint o diroedd. A ti'n gwbod be? Roedd Cesar yn edmygu Caradog am fod mor ddewr a gwrthod plygu. Mi gafodd o a'i deulu fyw yn Rhufain am weddill eu dyddiau."

Dwi'n edrych ar y llun. Mae gan Garadog wallt hir a blêr a

barf laes. Llun du a gwyn ydi hwn, ond petai'r farf yn goch mi fyddai'n edrych yn debyg i Mac, cipar y Plas.

Ym mhen arall y bwrdd y mae Jac wrthi yng nghanol ei lyfrau.

"Rhyfedd yndê, hogia," meddai Jac. "Dwi wrthi'n darllen *The Fall of the Roman Empire* yn fan hyn. Hanes chwalu ymerodraeth y Rhufeiniaid ydi hwn. Dyna ydi hanes y byd yma – gwledydd mawr yn dwyn oddi ar wledydd bach, ond mae'r gwledydd mawr yn disgyn yn ddarnau yn y diwedd. Dwi'n cael gwersi Lladin yn yr ysgol yn Llanrwst – iaith y Rhufeiniaid – a Lladin oedd iaith y byd yr adeg honno. Ond iaith farw heblaw am y gwersi yn yr ysgol ydi hi erbyn heddiw."

"Oedd yna Welsh Not yma pan oedd y Rhufeiniaid yng Nghymru, Jac?" gofynnaf.

"Na, doedd y Rhufeiniaid ddim yn lladd yr ieithoedd bychain," meddai Jac. "Ond mae llawer o eiriau Cymraeg 'dan ni'n eu defnyddio wedi cael eu benthyca o'r Lladin. Geiriau fel pont, ffenest, eglwys – y Rhufeiniaid ddaeth â'r rheiny yma."

"Be ydi pont yn Saesneg, Bob?" Mae hon yn hen gêm rhwng Now a finnau erbyn hyn.

"Brij, ia?"

"Ia. Be am ffenest?"

"Window."

"Ac eglwys?"

"O dwi ddim yn cofio." Ac mae Now yn f'atgoffa i.

"Go dda, Bob," meddai Jac. "Roedd Caradog yn medru siarad Lladin efo Cesar, dwi'n siŵr o hynny. Mae medru siarad iaith arall yn medru dy wneud di'n gyfartal … os nad yn gryfach."

"Ond heb golli dy iaith dy hun," meddai Now.

"Dyna'n union be mae Owen Edwards yn ei ddeud," meddai Jac. "Ac mae o mewn coleg mawr yn Rhydychen ac wedi gweld rhai o ryfeddodau Ewrop."

"Pam 'dan ni ddim yn cael siarad Cymraeg yn Ysgol y Llan, 'ta?" gofynnaf innau.

"Hen ffordd o feddwl," meddai Jac gan godi ar ei draed. Mae'n cerdded yn ôl ac ymlaen a dwi ddim wedi'i weld o wedi tanio fel hyn o'r blaen. "Mae pethau'n newid yn gyflym. Mae Owen Edwards wedi sgwennu llyfrau hanes Cymru yn Gymraeg ac wedi cael caniatâd iddyn nhw gael eu defnyddio mewn ysgolion yng Nghymru."

"Dwi wedi gweld lluniau dosbarthiadau o blant ysgol o Fangor, o Abertawe, o Gwm Rhondda yn *Cymru'r Plant*," meddwn innau. "Mae'n rhaid bod y rheiny'n darllen y cylchgrawn yn yr ysgol."

"Mae 12,000 o gopïau o *Gymru'r Plant* yn mynd i bob rhan o Gymru a rhai o ddinasoedd mawr Lloegr bob mis," meddai Jac. "Mae degau o ysgolion rŵan yn dechrau dysgu'r Gymraeg fel pwnc a dysgu hanes Cymru drwy'r Gymraeg."

"Ond nid yn Ysgol y Llan," meddai Now eto.

"Ysgol Eglwys ydi Ysgol y Llan," esboniodd Jac. "Mae'r Refrynd Powell, y ficer, yn gwneud popeth yn Saesneg, mae Cyrnol y plas yn mynd i'r eglwys ac yn gwneud popeth yn Saesneg ac mae Mr a Mrs Barnwell yn mynd i'r eglwys."

"Be ydi eglwys yn Saesneg, Bob?" gofynnodd Now yn chwareus.

"Tjyrch!"

"Ia," meddai Jac. "Church of England ydi'r eglwys; maen nhw'n gafael yn dynn yn yr hen drefn. Dyna pam fod y Welsh Not yn Llangernyw o hyd ond ddim ym Mhandy Tudur, sy ddim ond rhyw ddwy filltir i ffwrdd."

"Bechod na fasan ni ddim yn cael mynd i Ysgol Pandy Tudur, 'de Now," meddwn innau wedyn.

"Doedd gan eich tad a finnau ddim dewis," meddai Mam gan godi'i phen o'r crochan wrth y lle tân. "Gan fod eich tad yn cael gymaint o waith gan y plas a'r eglwys, doedd ganddon ni ddim dewis pan ddaeth y ficer i'n gweld ni cyn i Jac yma ddechrau'r ysgol."

"Y plas a'r eglwys 'na sy piau popeth yn y plwy!" meddai Now.

"Wel, mae'n dda inni wrth y plwy rŵan," meddai Mam gan droi'n ôl at y cinio.

"Mae pethau'n mynd i newid," meddai Jac eto. "Mae Lloyd George yn y senedd ac yn mynd i gael dipyn o lais yno. Mae yna sôn am Fwrdd Addysg i Gymru 'leni, ac mae'r hyn sy'n digwydd yn yr ysgol Sul yn mynd i arwain at newid pethau yn yr ysgolion dyddiol, gewch chi weld. Llyfrau, athrawon – dyna fydd eu hangen rŵan. Prifathrawon hefyd – a rheiny'n medru siarad Cymraeg yn ogystal â Saesneg."

"Wyt ti am fynd yn brifathro, Jac?" gofynnais.

"Mynd yn athro yn gynta, dyna'r drefn," eglurodd Jac. "Ond ti'n iawn – mae'n bwysig inni gael gwaed newydd yn ysgolion Cymru a chael to o athrawon sy'n fodlon dilyn syniadau mwy agored, fel rhai Owen Edwards. Dyna hoffwn i ei wneud."

"A finnau," meddai Now yn dawel. "Dwi ddim wedi sôn gair am y peth o'r blaen, ond dyna dwi isio'i wneud hefyd – sefyll o flaen dosbarth a rhoi addysg Gymraeg i blant. Meddyliwch braf fysa hynny ar ôl be 'dan ni wedi'i gael!"

Dwinnau'n troi hyn i gyd yn fy meddwl nes daw gair gan Mam i dorri ar eu traws:

"Ond mae addysg yn dal i gostio, hogia," meddai hi. "Ddim ar chwarae bach mae gyrru rhywun i'r coleg – mae'n dda iawn arnan ni fod Ifan a Betsi'n gweithio ac yn dod â 'chydig o bres i'r tŷ yma, coeliwch chi fi."

Tawel ydan ni dros ginio.

Yn y pnawn, mae'r tri ohonom allan yn gweithio. Er nad oes yna gaeau wrth ein tŷ ni, mae digon angen ei wneud drwy garthu cwt yr ieir a thwlc y moch, ysgubo'r buarth, torri coed tân a dechrau palu'r ardd lysiau. Ddiwedd y pnawn, dwi yn y coed yn hel brigau mân i ddechrau tân pan mae Fflei yr ast wrth fy sodlau'n dechrau chwyrnu'n sydyn.

"Be sy, Fflei bach?"

Dwi'n cyrcydu ati ac mae rhywbeth yn fy ngyrru i guddio y tu ôl i lwyn o eithin. Clywaf sŵn traed a dwi'n dal fy llaw ar wddw a cheg Fflei rhag iddi wneud y smicyn lleia o sŵn. Rhwng pigau'r eithin, dwi'n gallu gweld mai Mac y cipar sy'n pasio ar hyd y llwybr. Mae ganddo wn wedi'i agor yn bachu ar blyg ei fraich chwith. Yn ei law dde mae dwy gwningen waedlyd.

Wedi iddo fynd o'r golwg, af yn fy mlaen i hel brigau nes bod gen i faich go lew. Ar y ffordd i'r buarth yr ochr draw i Fronrhwylfa, dwi'n sylwi bod dwy gwningen yn hongian ar giât ein drws ni. Does dim golwg o Mac yn unman.

Bnawn dydd Sul, mae'r curo dwylo'n wresog iawn yn y cyfarfod Gŵyl Ddewi. Mae'r caneuon a'r darnau o farddoniaeth sy'n cael eu hadrodd yn wych iawn a dwi'n cael fy llenwi â balchder wrth glywed y cyfan. Dwi'n llwyddo i gofio pob gair o fy mhennill i ac mae Mam sy'n eistedd yng nghefn y festri fawr yn gwenu i ddangos ei bod wedi clywed pob gair. Daw Elen Jones atom wrth ddrws y festri pan mae pawb yn cael paned a chacen gri.

"Darn da, Bob. Yn *Cymru'r Plant* gest ti hwn'na, ia?" gofynnodd imi.

"Ia, Elen Jones," atebais mewn syndod. "Ydach chi'n darllen hwnnw hefyd?"

"Yn ei gael o bob mis."

"Pryd fyddwn ni'n ei gael o'n yr ysgol?" dwi'n ei ofyn.

"Llais da gan yr hogyn yn y capel yma," meddai Elen Jones wrth Mam, gan droi trywydd y sgwrs. "Ond wyddoch chi be, Lisa Jones, mae o fel llygoden fach yn yr ysgol."

"Swil mae'n siŵr," meddai Mam. "Felly'r oeddwn innau."

"Ie efallai," meddai Elen Jones. "Ond mae'r arolygwyr ysgolion acw'r wythnos nesa ac mi fydd y rheiny eisiau clywed pob plentyn yn darllen ac ateb. Mae'r ysgol wedi disgwyl yn hir iddo gael o hyd i'w lais – ond does ganddo fo ddim dewis ond gwneud 'i orau glas yr wythnos nesa."

Roedd Jac yn gwrando ar y sgwrs hon. Ar ôl i Elen Jones symud at deulu arall, mae'n cydio yn fy mraich.

"Yr ysgol yna ydi'r drwg. Mae'r lle 'na'n dy fygu di, Bob."

Pennod 2

Wrth gerdded i lawr y llwybr at y bompren gyda Now ar y
bore Llun hwnnw, dwi'n gweld pioden yn hedfan i'r hen ywen
yn y fynwent ac yn diflannu rhwng ei changhennau tywyll.
Mae pioden yn hawdd i'w hadnabod o'r llun yn *Cymru'r Plant*
gan mai du a gwyn ydi'i phlu hi, yn union fel lliw yr inc a'r
papur yn y cylchgrawn.

"Dwi'n siŵr fod yna nyth pioden yn yr hen ywen, Now,"
meddwn wrtho.

"Hel dy draed, Bob. Does ganddon ni ddim amser i fynd i
chwilio am wyau adar y bore 'ma."

Mae'r Refrynd Powell yn yr ysgol y bore yma. Mae'n
arwain y weddi ac wedyn yn rhoi araith o flaen y
dosbarthiadau i gyd gyda'i gilydd. Dydw i ddim yn deall ond
ambell air yma ac acw, ond mi ddywedodd Now wrtha i
adref y noson honno mai eisiau inni wneud ein gorau er
mwyn enw da'r ysgol yn ystod ymweliad yr arolygwyr ar y
dydd Mercher y mae o. Dwi'n holi Now be fydd yn digwydd
bryd hynny.

"Dynion yn gweithio i swyddfa addysg y wlad ydyn nhw,"
esboniodd Bob. "Maen nhw'n dod i weld gwaith pob ysgol
unwaith y flwyddyn i wneud yn siŵr bod y plant yn cael eu
dysgu'n iawn a bod safon y gwaith a chyflwr yr adeilad yn
foddhaol. Mi fyddan yn siarad gyda'r athrawon a'r
cynorthwywyr ac yn gweld llyfrau'r dosbarthiadau hŷn, ac

wedyn yn gwrando ar y plant yn darllen ac yn gofyn cwestiynau."

"Sut fath o gwestiynau?"

"Mi wnaeth 'na un ofyn i mi 'What poetry do you know?' unwaith."

"Be ydi hynny?"

"Barddoniaeth. Pennill ar dy gof, yndê."

"Faswn i'n cael adrodd pennill y ddraig goch, Now?"

"Na, fasa'n rhaid iddo fo fod yn Saesneg, Bob."

"Be, yr hen beth 'licyl lam' gwirion 'na? Dydi hwn'na'n dda i ddim."

"Ond dyna fasa nhw eisio'i glywed. Ti'n ei gofio fo?"

"Meiri had e licyl lam,
 Licyl lam, Licyl lam,
 Meiri had e licyl lam
 Itss fflîs as wait as snô."

"Da iawn, Bob. Fedri di ddweud hwn'na yn yr ysgol?"

"Ond does gen i ddim llais yn yr ysgol, Now."

"Ydi hynny'n dal ddim gwell gen ti?"

"Nac ydi, Now. Mae Jac yn dweud mae'r sioc o dy weld di'n cael y gansen yna ar y diwrnod cynta ydi o. Mae o'n cofio teimlo rhywbeth tebyg pan welodd o ferch yn cael cansen am siarad Cymraeg ar y buarth – ond roedd hynny rhyw fis ar ôl iddo ddechrau yn yr ysgol, a wnaeth o ddim ond para am ryw fore iddo fo. Mae rhai plant – a phobol – yn cael atal deud wrth cael braw neu brofiad dychrynllyd. Ond mae rhai – fel ti – yn methu siarad o gwbwl mewn rhai llefydd."

"Yr hyn sy'n rhyfedd ydi dy fod yn gwbod llawer o'r geiriau erbyn hyn – ti'n eu deud nhw tu mewn iti, ond does 'na neb yn eu clywed nhw y tu allan iti."

"Dwi 'run fath â'r ystlum 'na yn nhŷ Nain Beic, yn tydw – yn gwneud sŵn nad oes yna neb yn ei glywed."

"Ond roeddat ti'n clywed hwnnw, Bob?"

"Oeddwn. Mi fydd y stlumod yn deffro o'u gaeafgysgu'r mis yma, os cynhesith hi, yn ôl *Cymru'r Plant*. Tybed ddaw o'n ôl i dŷ Nain?"

"Mae'r gwanwyn o'n blaenau, fel y mae Dad yn ei ddeud byth a hefyd," meddai Now.

Fore Mercher, dwi'n gweld y bioden yn diflannu i'r ywen eto ar y ffordd i'r ysgol. Ydi hynny'n golygu lwc dda imi, tybed?

Mae'r arolygwyr yn y dosbarth wrth inni gerdded at ein desgiau.

Rydan ni i gyd wedi cael ein siarsio i olchi'n dwylo ac i beidio â baeddu'n dillad ar y ffordd i'r ysgol. Mae pawb yn drefnus ac yn hollol dawel. Mae yna garreg fawr yn fy stumog i heddiw.

Ar ôl y cofrestru a'r weddi, rydan ni'n cael ail bennill y plant bach i'w gopïo oddi ar y bwrdd du i'n llechi. Mwy o stori Meiri a'i 'licyl lam'.

"He followed her to school one day,
 School one day, school one day,
 He followed her to school one day
 Which was against the rule.
 It made the children laugh and play,

Laugh and play, laugh and play,
It made the children laugh and play
To see the lamb in school."

Mae hyn yn cymryd llawer iawn o amser gan ein bod wedi cael ein rhybuddio bod pob llythyren i fod yn daclus a phob llinell yn syth. Wrth inni weithio'n galed, mae un o'r ddau arolygydd yn cerdded ar hyd y rhesi rhwng y desgiau ac yn edrych ar ein llechi dros ein hysgwyddau. Mae'n pwyntio at air ar lechen Aled:

"How do you say that word?"

"Ffol ...ffolowd, syr."

"Very good. And what does it mean."

"Go by her back, syr."

"Yes. Very good. Carry on."

Mae'n edrych dros fy ysgwydd innau rŵan a dwi'n gallu clywed ei anadl ar fy ngwar. Mae ochrau fy ngwddw wedi cyfarfod ei gilydd yn y canol.

"Very tidy, boy. Very tidy lettering. Would you 'laugh and play' if a lamb came to school?"

Dwi'n troi i'w wynebu gyda gwên fawr ar fy wyneb a nodio fy mhen. Dwi wedi deall y cwestiwn. Dwi'n gwenu'n lletach fyth a gwneud siâp ceg 'Iess, syr' ac mae'r arolygwr yn mynd yn ei flaen:

"Yes, it would make everybody want to laugh and play wouldn't it? Carry on. Good work."

Ac mae'n mynd yn ei flaen at y nesa. Dydi Glyn ddim yn deall ei gwestiwn, druan. Na'r rhan fwya o'r merched yn y rhes flaen chwaith. Dwi'n anadlu'n gyflym, Ond dwi'n meddwl bod popeth yn iawn. Dwi'n synhwyro bod llygaid Mrs Barnwell yn tyllu drwy wydrau'i sbectol wrth rythu arna i.

Ar ôl amser chwarae, mae'r arolygwyr yn edrych ar y cofrestrau ac wedyn yn gwrando arnom yn adnabod y ffigyrau. Mae dyn ein dosbarth ni yn gofyn i rai o'r merched enwi ffigyrau ar eu pennau eu hunain.

Ar ôl cinio, maen nhw'n cerdded o amgylch y buarth a'r tai bach ac yn edrych ar y waliau a'r nenfwd y tu mewn i'r ysgol. Mae gan y ddau lyfrau bach ac maen nhw wedi bod yn sgwennu nodiadau ynddyn nhw drwy'r dydd. Maen nhw'n gwrando arnon ni'n canu ac mae'u pennau nhw'n nodio ac maen nhw'n gwenu ar ei gilydd yn ystod y wers honno. Fel mae hi'n nesu at ddiwedd y pnawn mae'r arolygydd hyna'n dweud eu bod am ofyn i un o bob dosbarth i ddod i adrodd barddoniaeth o flaen yr ysgol.

Mae'n dewis Nel o'r dosbarth hynaf ac mae hi'n dechrau adrodd *The Lady of the Lake*. Ond dydi hi ddim yn medru mynd ymhellach na chwe llinell. Wedyn mae John o ddosbarth Now yn adrodd dau bennill o *The Beggarman*. O ddosbarth Miss Elen, Gwenda sy'n cael ei dewis i adrodd *The Little Brown Bird*. Wedyn mae'r arolygydd arall yn sefyll o flaen ein dosbarth ni. Mae'n edrych o wyneb i wyneb ...

"And you, the young chap with the tidy handwriting, you come and say the first verse of 'Mary had a little lamb', will you?"

"On your feet!" meddai Mrs Barnwell.

Dwi'n codi. Dwi'n cerdded i ben y rhes a sefyll o flaen y dosbarth.

"Right, young man. When you are ready."

Dwi'n agor fy ngheg ond dwi'n gwybod nad oes 'na ddim sŵn yn mynd i ddod ohoni. Dwi'n gwneud siâp ceg y llinell gyntaf.

"I can't hear you, boy."

Dwi'n dal i wneud siâp ceg.

"Louder!"

A dyna pryd mae Mrs Barnwell yn camu i'r adwy.

"He has had a severe cold recently – lost his voice and it's gone again today. Hm ... I'm sure he could write it all out from memory to you if you wish."

"No, no. That won't be necessary."

Dwi'n dychwelyd i fy sedd ac yn cadw fy mhen i lawr nes fy mod allan ar y buarth ac yn rhedeg dros y bompren ar ddiwedd y pnawn.

Wrth ddisgwyl yn fan'no am Now, dwi'n gweld y bioden – yr un un ydi hi dwi'n siŵr – ar gangen o goeden sydd yng nghlawdd y fynwent.

"Edrych ar y bioden acw, Aled," meddwn i. "Mae hi'n chwilio am drysorau, siŵr i ti."

"Be wyt ti'n feddwl, Bob? Pa drysorau?" gofynnodd Aled.

"Trysorau?" meddai Gwyneth ac Eifiona ac oedi am ennyd. "Ydach chi'n gwbod lle mae 'na drysorau?"

"Mae'r bioden acw'n gwbod lle maen nhw," meddwn innau wedyn, yn dechrau mynd i hwyl erbyn hyn. "Mae yna nyth pioden yn yr hen, hen ywen yn y fynwent. Mae piod yn hel tlysau llachar i addurno'u nythod ac os ydi'r ywen yna'n bedair mil o flynyddoedd oed, wel mae'n siŵr bod yna dunelli o drysorau yn y nyth."

"Pedair mil o flynyddoedd oed?" Mae rhai o'r hogiau hŷn wedi aros i wrando rŵan.

"Be ydi enw'r afon yma?" gofynnaf i'r criw wrth y bompren.

"Collen," meddai Aled. "Dwi'n gwbod hynny achos dy fod ti wedi deud wrtha i unwaith."

"Roedd yna hogyn ifanc wedi torri ffon gollen yn y coed acw un tro i yrru dau fustach i ffair Llanrwst." Cofiaf un o straeon *Cymru'r Plant* rŵan ac mae'i gosod hi yn Llangernyw yn ei gwneud hi'n fwy byw rywsut.

"Yn y ffair, mae hen ddyn yn dod ato ac yn studio'r ffon yn arw. 'Lle cest ti hon?' mae o'n ei ofyn i'r hogyn. 'Coed Rhan-hir,' atebodd yntau. 'Dos â fi yno.' Maen nhw'n cerdded yr holl ffordd i'r llan ac mae'r hogyn yn dangos yr union goeden gollen iddo lle torrodd o'r ffon. 'Dos adre i nôl rhaw imi,' meddai'r hen ddyn. Pan ddaw'r hogyn yn ôl efo'r rhaw, mae'r hen ddyn yn tyllu dan wraidd y gollen ac mae yna ogof fawr yn llawn o drysorau yn fan'no. A choelia i fawr nad oes 'na dipyn o'r aur a'r arian yn nyth y bioden acw!"

"Hen stori ydi hon'na, Bob?" mae Eifiona yn ei ofyn.

"Na, hen stori newydd ydi hi," meddwn innau.

"Ty'd adre, y rwdlyn." Now ydi hwnnw.

'Dan ni'n dringo'r llwybr am y ffordd efo'n gilydd.

Fore trannoeth, mae hi'n rhesi ar y buarth ac wedyn i mewn i'r dosbarth. Rywsut, dwi wedi gweld yr olygfa nesa fel petai hi eisoes wedi digwydd.

Dwi ddim yn synnu dim pan ddaw Mr Barnwell draw o'i ddosbarth ei hun a sefyll o flaen ein dosbarth ni.

Mae'r gansen yn ei ddwylo.

Mae'n pwyntio ei blaen ata i.

Dwi'n codi a chamu i ben y rhes ac wedyn yn cerdded at y prifathro.

"Right hand out."

Dwi'n dal fy llaw dde a throi fy mhen oddi wrth y rhesi desgiau.

"For refusing to speak English," meddai Mr Barnwell. Chwap. Mae fy llaw fel petawn i wedi gafael mewn procer poeth.

"Left hand out."

"For refusing to speak English," meddai wedyn a chwap arall. "Go back to your seat, boy, and don't be insolent in class ever again."

Dwi'n cerdded yn ôl i fy sêt a'r dagrau'n powlio i lawr fy mochau.

Ond wrth wneud hynny, mae rhywbeth rhyfedd yn digwydd y tu mewn imi. Mae'r garreg yn ysgafnach yn fy mol i rŵan. Dwi'n clywed y rhaff sych sy'n clymu fy nhu mewn yn llacio a wir, mae hyd yn oed fy ngwddw i'n dechrau agor. Dwi'n medru eistedd a dal fy mhen i fyny yn fy sedd.

Mae Mrs Barnwell yn galw enwau'r merched.

"Hiyr-mus, ...Hiyr-mus ..."

Mae'n dechrau galw enwau'r bechgyn a phan ddaw at "Rowbyt Elis Jowns?"

Cyn i Eifiona ddweud dim drosta i, dwi'n agor fy ngheg a dweud yn glir,

"Hiyr-mus."

Dwi yma. Fel hyn mae hi am fod ar hyn o bryd. Ond mae yna ddiwrnod ar ôl heddiw.

Pennod 3

Pan ddown ni at ymylon Coed Twlc ar y ffordd adref, mi welwn fod Dei Coch yn y ffos yn ei cheibio a'i lledu gyda'i raw sgwâr. Wrth ei ymyl mae Mac y cipar, y ddau ben coch yn sgwrsio'n ddwys a phrin yn ein clywed nes ein bod reit wrth eu hymlau.

"Pnawn da ichi'r sgolors mawr!" meddai Dei Coch wrth sylwi arnom yn y diwedd.

Aeth yn ei flaen i holi am iechyd Dad ac rydan ninnau yn ei ateb. Yna mae'n troi at y cipar sy'n dal i sefyll ar y ffordd wrth ymyl y ffos.

"Dach chi'n nabod Donald MacDonald y cipar, yn tydach?"

"Ydan Dei," atebodd Now. "'Dan ni wedi bod yn pastynu i'w saethwyr o ar Fynydd Moelogan."

Mae Mac yn dweud rhywbeth na wnes i mo'i ddeall.

"Mac yn holi os fuoch chi'n hogia da yn yr ysgol heddiw," cyfieithodd Dei Coch.

"Wel, mi gafodd Bob y gansen, yn do," atebodd Now.

"Brensiach annwyl, am be, Bob bach?" holodd Dei.

"Am fethu siarad Saesneg," meddwn innau.

"Ylwch, mae ôl y gansen yno o hyd," meddai Now gan afael yn fy ngarddyrnau a dangos cledrau fy nwylo i'r dynion.

"O, mae'r rheiny'n farciau cas, Bob," meddai Dei cyn troi at Mac ac egluro'r hanes. Dwi'n deall y geiriau 'Welsh Not' yn sgwrs Dei.

"Ach, Sassenachs," meddai Mac yn flin gan boeri i'r ffos. Dwi'n cofio mai dyna'i air o am y Saeson. Wedyn mae'n adrodd rhyw stori wrth Dei Coch sy'n troi aton ninnau toc ac yn ei hadrodd wrthym.

"Wyddoch chi mai un o Ynys Skye yng ngogledd yr Alban ydi Donald, yn gwyddoch? Pan oedd o'n mynd i'r ysgol fach ar yr ynys honno, roedd yntau'n cael ei gosbi am siarad ei iaith ei hun. Gaeleg ydi iaith pobol yr ynysoedd – mae hi'n iaith sy'n perthyn i'r Gymraeg cyn oes y Rhufeiniaid, medda fo. Yr hyn roedd yr athro yn yr ysgol yn ei wneud yn yr Alban oedd rhoi pen llwynog wedi marw ar ben y plentyn oedd yn siarad Gaeleg, ac wedyn roedd pwy bynnag oedd yn gwisgo hwnnw ar ddiwedd y dydd yn cael y gansen."

"'Run fath â'n Welsh Not ni!" meddai Now.

"Am ofnadwy!" meddwn innau. "Hen ben llwynog drewllyd, afiach ar ben plentyn bach!"

"Ia, yndê Mac?" Mae Dei Coch yn troi at y cipar ac yn codi'i lais. "Pen llwynog! Cansen!"

"Ach, pen llwynog – yess Dei," atebodd Mac. "And fi methu siarad yn iawn afterwards. Stutter. Be 'di o, Dei?"

"Atal deud, Mac – roedd gen ti atal deud?"

"Och yess," meddai Mac. "Bad iawn. Very drwg. And it came back during the war, you rememberr, Dei?"

"Wel, ie, erbyn meddwl," meddai Dei Coch.

Roedd Mac yn siard llond ceg o Gymraeg! Doeddwn i erioed wedi clywed gair Cymraeg o'i ben cyn hynny.

"Yess! Pen llwynog. Cansen!" meddai wedyn, gan actio ffon yn taro'i law.

"Ew, ydi Mac yn medru siarad Cymraeg?" gofynnodd Now.

"Mymryn, yndê Mac," meddai Dei. "Cymraeg tipyn bach?"

"Yess. Cymraeg tipyn bach goes a long way," meddai'r Albanwr. "Iâr gwirion sy'n gwrando ar Mistar Llwynog!"

"Sut ddysgodd o Gymraeg?" gofynnodd Now wedyn.

"Roedd Mac a finnau yn Rhyfel y Boeriaid yn Ne Affrica tan ryw ddwy flynedd yn ôl," meddai Dei. "Roedd o'n filwr yn y Scots Fusiliers a finnau yn y Welsh Fusiliers. Roeddan ni'n rhai o'r un brwydrau yn Transvaal a'r Orange Free State."

"Oes rhaid ichi gael gwallt coch cyn cewch chi ymuno efo'r fyddin, Dei?" gofynnaf wrth weld y ddau gyn-filwr gyda'i gilydd.

Mae Dei'n cyfieithu hyn i Mac ac mae'r ddau'n chwerthin nes eu bod bron â thorri'u boliau. Dyma'r tro cynta i mi weld Mac yn gwenu heb sôn am chwerthin.

"Y lemon gwirion, Mac," meddai Dei gan bwyntio ataf.

"Yess, lemon gwirion, Dai!" meddai'r cipar.

"Na, Cymro ydw i a Sgotyn ydi Mac," esboniodd Dei. "Pan mae'r Saeson yn deud eu bod nhw'n mynd i ryfel maen nhw'n gwneud yn siŵr bod digon o le i hogia Cymru a hogia'r Sgots yn y ffrynt lein. E, Mac?"

"Yess," nodiodd yntau ei ben gan ddeall y cyfeiriad at y Sais ac ychwanegu, "Sassenachs!"

"Cofiwch ni at eich tad," galwodd Dei Coch ar ein holau wrth inni adael.

Ar ôl cyrraedd Bronrhwylfa, dwi'n gorfod ailadrodd hanes y gosb wrth Mam a Dad, a dangos y marciau cochion ar gledrau fy nwylo.

Mae tawelwch hir yn y llofft, nes bod Dad yn sythu'n anghyfforddus yn ei wely a dweud:

"Wel Lisa, maen nhw i gyd wedi'i chael hi rŵan. Mae pob un o'r plant 'dan ni wedi'i fagu wedi cael y gansen am siarad Cymraeg yn yr ysgol rhyw dro neu'i gilydd."

"Fedrwn ni wneud dim byd am y peth," meddai Mam.

"Dyna'r coblyn sydd, dim yw dim," meddai Dad, cyn troi ata i. "Well iti fynd i ddeud dy hanes wrth dy nain."

Ymestyn am gopi o *Gymru'r Plant* wnaiff Nain Beic ar ôl clywed am yr hyn ddigwyddodd.

"Newydd gael copi mis Mawrth yn ffair Llanrwst, yli, Bob. Mae Owen Edwards bob amser yn sôn yn ei neges i'r plant mor gyfoethog ydi'r rheiny sy'n medru darllen am hanes ac arwyr eu gwlad yn eu hiaith eu hunain. Mae'n deud hefyd fod ysgolion Cymru'n gwella bob blwyddyn, fod pethau'n well nag oeddan nhw pan oedd dy fam a dy dad yn yr ysgol, a bod rhyw ysbryd newydd yn y tir. Dyma ti be sy ar dudalen gynta y rhifyn yma, yli di:

'Prif drysor y Cymro yw ei iaith. Bu adeg pan yr ystyrid hi yn ddiwerth ac yn waeth na diwerth; a chafodd anfri a sarhad a diystyrwch. Ond heddyw gwelir ei gwerth; ac yn fuan iawn ni bydd ysgol yng Nghymru na ddysgir Cymraeg ynddi.'"

"Ond Nain, Ysgol y Llan ydi f'ysgol i – a does yna ddim gair o Gymraeg ynddi! Yn waeth na hynny, gawn ni'r gansen am ddeud gair Cymraeg."

"Yr hyn mae *Cymru'r Plant* yn ei ddeud ydi bod yna newid ar droed," meddai Nain. "Fydd yr hyn rwyt ti'n gorfod ei ddioddef rŵan ddim yma yn hir iawn eto. Mae'r hen drefn wedi methu, meddai Owen Edwards, oherwydd drwy geisio gorfodi geiriau nad ydyn nhw'n golygu dim i blant, dydyn nhw ddim yn eu dysgu nhw. Mae'n rhaid i addysg apelio at y meddwl a'r enaid – ac ar hyn o bryd dydi Ysgol y Llan ddim yn gwneud yr un o'r ddau."

"Felly sut mae honno'n mynd i newid?"

"Edrych di ar Jac. Mae o wedi dewis ei lwybr," meddai Nain.

"Pa lwybr ydi hwnnw, Nain?"

"Llwybr llwynog fyddai rhai'n ei alw," meddai Nain Beic gyda gwên ddireidus ar ei gwefusau. "Mae o wedi cymryd yr hyn gafodd yn Ysgol y Llan – y gansen, ia, ond y geiriau hefyd. Mae o wedi pasio i gael addysg am ddim yn Ysgol Sir Llanrwst."

"Ond ysgol Saesneg ydi honno hefyd, yn ôl Jac!" meddwn innau. "Does yr un o'r athrawon yn siarad Cymraeg efo fo. Mae yna fwy o le i Ladin na Chymraeg yno."

"Dwi'n gwbod hynny," cyfaddefodd Nain, "ond cam arall ar y llwybr ydi honno hefyd. Mi fydd yng ngholeg Bangor flwyddyn nesa, does dim sy'n sicrach iti. Cam arall. A wyddost ti be mae o am wneud wedyn?"

"Be, Nain?"

"Mae o am fynd yn athro!"

"Athro!" meddwn yn rhyfeddu at y peth. "Jac yn athro yn chwifio'i gansen ac yn bachu'r Welsh Not am yddfau plant ysgol!"

"Wel, na fydd, siŵr iawn!" meddai Nain. "Wyt ti ddim yn cofio mai 'llwybr llwynog' ddwedais i? Mae ambell wal gerrig yn rhy uchel i lwynog ei neidio pan fydd ar daith hela. Ond dydi o ddim yn torri'i galon. Mae rhai wedi gweld llwynogod yn neidio a chicio cerrig ucha'r wal. Wrth i gerrig ddisgyn o boptu'r wal, bydd y rheiny'n gerrig o dan ei draed wedyn fydd yn ei gwneud hi'n haws iddo neidio dros y wal – a neidio'n ôl. Mae waliau rhwystr yn Ysgol y Llan – rwyt ti a Now yn eu canol nhw heddiw. Mae Jac wedi neidio dros y rhwystr a phan fydd o'n dod yn athro, nid dilyn yr hen ffordd o ddysgu y bydd o. Mae plant Cymru heddiw am fod yn athrawon ac arweinwyr i Gymru fory – ac mi fydd y wlad yma'n lle llawer gwell bryd hynny."

Mae Nain yn rhoi tri darn o fawn arall ar y tân nes bod hwnnw'n mygu'n las.

"Mawn yn dân, wel'di," meddai hi gan droi ata i'n sydyn. "Mawn o Ros-y-mawn yr ochr draw i Goed Twlc ydi hwn'na. Be gawn ni'n well na mawn o'n tir ni'n hunain i roi golau a gwres inni. Ty'd!"

Mae'n codi a tharo côt a sgarff amdani ac yn cerdded i'r ffordd.

"Mae'r dydd yn dechrau 'mestyn, Bob," meddai hi yno. "Mi awn i gyfeiriad golau'r haul, wel'di."

Rydan ni'n cerdded i fyny'r ffordd union heibio Penffordd-deg, Bron yr Haul a Bodunig. Mae Nain yn enwi'r caeau agosa ata i a'r ffermydd ar y llethrau oddi tanom: Llwyn Du, Tŷ Gwyn a Nant-erw. Wedyn mae hi'n cyfeirio at y bryniau talaf – Tre-pys-llygod uwchben Llangernyw, wedyn Moel Unben; Moel Derwydd a Moel Gydia uwchben Gwytherin; Mynydd Moelogan a Rhos-y-mawn a Foel Gadeiriau y tu ôl inni. Mae'r enwau'n clecian ar eu gwefusau.

"Dwi'n cerdded llawer mwy y dyddiau yma, Bob," meddai

hi. "Rŵan bod Jac yn cael fy meic i fynd i Lanrwst bob dydd, Nain Dim Beic ydw i, yndê! Mae'r enwau yma yn gwmni mawr imi wrth gerdded. Dyma ni uwchben Wenlli rŵan, yli. A dyma iti olygfa!"

Mae hi'n dweud y gwir. Rydan ni'n dau'n sefyll yn llonydd ac yn edrych ar yr awyr oren o'n blaenau. Yn erbyn y machlud, mae copaon mynyddoedd mawr a moel yn sefyll yn dywyll a dirgel. Mae Nain yn gwybod eu henwau nhw i gyd.

"Ddechreuwn ni wrth y môr draw i'r dde yn fan'cw. Dacw Tal y Fan, y Drum, y Foel Fras, y Foel Grach, Carnedd Llywelyn, Penllithrig y Wrach, Carnedd Dafydd, Penyrhelgidu, Tryfan a Moel Siabod. Y Carneddau a'r Glyderau – rhai o fynyddoedd ucha Eryri ydi'r rhain, Bob. Y rhain sydd wedi gwarchod y Cymry ar hyd y canrifoedd ac maen nhw'n dal i sefyll efo ni heddiw. Dwi'n teimlo rhyw nerth yn fy asgwrn cefn wrth edrych ar yr olygfa yma."

Mae'r ddau ohonom yn gwylio'r awyr oren yn troi'n oren tywyll a'r mynyddoedd yn duo. Y tu ôl inni, mae awyr y nos yn ymledu.

"Ty'd, Bob neu mi fydd y nos yn ein dal ni."

Ar y ffordd adref, dwi'n meddwl tybed allai gweld y mynyddoedd yma wella cefn Dad.

Pennod 4

"Dweud wrtha i, Now," meddwn i uwchben fy uwd fore Llun, "be ydi ystyr 'hiyr' – gwrando, 'ta be?"

"Hiyr mi now – gwrando ydi hynny, Bob," meddai Now. "Ond 'hiyr is ddy uwd' – yma, neu dyma, ydi hynny."

"Dew, mae eisiau 'mynedd efo'r Saesneg yma, Now! Roedd Eifiona yn deud 'gwranda' ac Aled yn deud 'yma'."

"Felly be fyddi di'n ei ddeud pan ddwedi di 'Hiyr-mus' wrth Mrs Barnwell y bore 'ma?" gofynnodd Now.

"Dyma fi, mus,
 A dacw'r to.
 A dacw'r sgwlyn
 Ar y si-so!"

"Cymer di ofal na wnei di'r ffasiwn beth, Bob!" gwaeddodd Mam oddi wrth ymyl gwely Dad.

"Hwyl fawr, Mam! Hwyl fawr, Dad!" Allan â ni drwy'r drws.

"Hiyr-mus." Mae pob llythyren yn clecian dros fy ngwefusau wrth i mi ateb y gofrestr i Mrs Barnwell. Gymaint felly nes bod Eifiona a Gwyneth yn hanner troi i edrych arna i a gwenu.

"Sit still. No turning around in class!" brathodd Mrs Barnwell.

Ar ôl gorffen galw'r enwau a'r weddi, mae'r prifathro'n galw am sylw'r ysgol i gyd. Mae ganddo lond ceg o eiriau mawr.

"Pronounciation, children. It is very very important," meddai Mr Barnwell. "We noticed that it was very poor for the inspectors last week. We have received their report – it is not very good."

Mae'n troi i edrych ar ein dosbarth ni a dyfynnu o'r adroddiad o'i flaen:

"The infants were very backwards."

Mae'n troi at weddill yr ysgol ac yn darllen:

"The great prevalence of Welsh may be received to some degree as an excuse for the present unsatisfactory state of this school. A more systematic effort should be made to teach the children English."

Mae'n rhoi'r adroddiad i lawr ac yn gofyn yn dawel:

"What is the name of this school, children?" Yna mae'n gweiddi: "And two strokes of the cane to anyone who says 'Ysgol y Llan'!"

Mae Gillian Davies yn rhoi'i llaw i fyny.

"Llangernyw School, syr," meddai gan sythu'i chefn.

"No," meddai'r prifathro'n swta. "Tell them please, Mrs Barnwell."

"Church of England School Llangyniew," meddai hithau.

"How do we say 'Llangyniew'?" gofynnodd Mr Barnwell.

"Llangyniew," atebodd yr ysgol.

Rydym yn cael tri munud llawn o arfer ynganu yr un fath â theulu'r plas a Refrynd Powell.

Yr wythnos honno, mae'r gansen a'r Welsh Not yn cael eu defnyddio ar ddiwedd pob pnawn.

"It seems to answer the purpose," meddai'r prifathro.

Ar ôl ysgol pnawn Iau, mae sioc bleserus yn fy nisgwyl i a Now pan gyrhaeddwn adref. Mae Dad wedi codi o'i wely ac yn eistedd wrth fwrdd y gegin i gael te efo ni.

"Dad!" meddwn i a rhedeg amdano.

"Ara deg, Bob!" gwaedda Mam. "Paid â neidio ar ei lin na dim byd felly!"

Dwi'n rhewi'n syth ond mae Dad yn chwalu fy ngwallt efo'i law dde, gan ddal ei ddwrn chwith yn erbyn gwaelod ei gefn.

"Un cam ar y tro, hogia, dyna sut y daw hi," meddai Dad. "Ond mae'n braf codi o'r gwely yna, fedra i ddweud hyn'na wrthach chi."

"Gawsoch chi rhyw ffisig newydd gan y doctor 'ta be, Dad?" gofynnodd Now.

"Na," atebodd Mam drosto. "Ylwch cynhesu mae hi wedi'i wneud pnawn 'ma. Mae hi fel y diwrnod cynta o wanwyn."

Rydan ni'n edrych yn ôl ac yn sylwi bod y drws allan yn agored gan Mam. Mae hwnnw'n wynebu haul y pnawn ac mae rhyw liw aur ar y wlad o dan yr awyr las.

"Welson ni gennin Pedr wrth afon Collen," meddwn i. "Dwi'n siŵr mai rhai bychain Cymreig ydyn nhw. Mae'n deud yn *Cymru'r Plant* yn rhywle mai cennin bach gyda phetalau dwbwl ydi'r rhai Cymreig."

"Mae'r rheiny'n blodeuo'n hwyrach na'r cennin Pedr sy'n y gerddi," meddai Dad. "Ac mae hynny yn f'atgoffa i. Mae hi'n hwyr glas dechrau rhychu'r ardd yna inni gael plannu tatws cyn diwedd mis Mawrth. Oes 'na dipyn o hen dail llynedd yn nhomen y moch, Now?"

"Oes, Dad. Mi fedra i ddechrau codi peth i'r ferfa ar ôl te."

"A be am y tatws had, Bob? Wnest ti eu rhoi nhw dan bapur newydd ar y silffoedd yn y cwt pella?"

"Do, Dad. Mi ges i sbec arnyn nhw ddydd Sadwrn diwetha. Mae yna egin reit hir arnyn nhw erbyn hyn."

"Am y rhychau yna 'ta hogia. Mae Jac wedi gorffen y palu'r penwythnos diwetha."

Mae blas gwell ar y frechdan jam rŵan bod Dad wrth y bwrdd te ac yn siarad am yr ardd.

Mae Now yn stryffaglio gyda llond berfa o dail moch drewllyd pan ddaw Dad i bwyso ar ffrâm y drws cefn i weld sut hwyl rydan ni'n ei gael.

"Mae'r rhes yna'n gam fel piso mochyn!" mae'n gweiddi arna i. Dwi wedi bod wrthi ers chwarter awr yn trio agor rhes efo rhaw ar gyfer rhoi'r tail yn ei gwaelod cyn plannu'r llysiau. Dwi wedi trio cofio sut roedd Dad yn gwneud hyn y gwanwyn diwetha. Wynebu'r clawdd, rhaw i'r pridd a phwyso'n reit dda arni efo fy sawdl, cam yn ôl a chodi'r pridd i'r ochr chwith. Yna cam yn ôl a gwneud yr un peth eto. Y drwg ydi 'mod i'n colli fy nghyfeiriad wrth gamu'n ôl ac mae'r rhes yn mynd i bob man.

"Darn o gortyn main sydd ei angen arnat ti," meddai gan drio dod ar draws y buarth ata i. "Mae 'na beth yn y drôr yn y cwt pella."

Ond mae'n gorfod sefyll yn stond. Mae'i ddwy law ar ei

gefn ac mae mewn poen eto. Pwy sy'n digwydd pasio ar y pryd ond Dei Coch a Mac.

"Ara deg, Wil Jones!" gwaedda Dei Coch. "Dal arni. Ddown ni atat ti rŵan."

Mae'r ddau ohonyn nhw'n gafael dan geseiliau Dad. Ar ôl cael gwybod be rydan ni'n drio'i wneud, mae Dei Coch yn dweud wrtha i:

"Rhed i'r gegin a thyrd â chadair i dy dad. Wnaiff dipyn o awyr iach fyd o les iddo fo. Rown ni o i eistedd ar y buarth ym mhen y rhes yma, wel'di, ac mi gaiff gadw llygad arnoch chi."

I ffwrdd â fi am y gegin a dwi'n ôl gyda hoff gadair Dad, yr un gyda chefn uchel a breichiau pren arni. Wrth imi groesi'r buarth, mae Mac yn dod ataf ac yn codi'r gadair o fy mreichiau.

Wedi rhoi Dad yn ei le, mae Mac yn dweud rhywbeth wrth Dei.

"Wel ia, syniad da gan Mac 'ma," meddai Dei wrth Dad. "Be feddyli di o hyn 'ta, Wil? Mae dipyn o waith yng ngerddi'r plas rŵan bod y gwanwyn yn gwthio'i drwyn o'r ddaear. Be tasa Mac yn gofyn i'r pen garddwr os fasa'r ddau hogyn yn mynd yno i weithio bob Sadwrn? Mi gaen swllt y dydd."

"Swllt y dydd!" gwaeddodd Now nes bod y ferfa'n troi a'r tail moch yn tywallt ar y buarth.

"Ha!" chwarddodd Mac. "Look at the hogyn and the berfa!"

"Faint o eiriau Cymraeg sy gan Mac?"

"Mae ambell air Cymraeg 'run fath â Gaeleg," meddai Dei.

"Tarw!" meddai Mac, gan roi cyrn ar ei ben gyda'i fysedd.

Daw Fflei o rywle gan ysgwyd ei chynffon.

"Tyrd yma, ci da," meddai'r cipar wedyn gan roi anwes iddi. "Good Scot dog! Border collie."

"Cŵn o'r Alban ydi'n cŵn defaid ni, wsti Bob?" meddai Dad.

"Alba – da iawn! Ci Alba da iawn," meddai Mac.

"Alba ydi'r Alban mewn Gaeleg," esboniodd Dei Coch. "Dos i ddangos y moch iddo fo, Bob."

Daw Mac draw i weld y twlc efo fi. Mae'r moch bach i gyd wedi'u lladd ar ddechrau'r gaeaf ond mae'r ddwy hwch yn barod i eni torllwyth arall bob un ar ddechrau'r gwanwyn.

"Ha! Mochin," meddai Mac, wrth eu gweld.

"Na – hwch," meddaf innau gan bwyntio at eu tethi.

"Dau hwch," meddai Mac.

"Dwy hwch," meddaf i.

"Un hwch tenau ac un hwch tew," meddai Mac.

"Un hwch denau

 Ac un hwch dew,

 Ci bach o'r Alban

 A Phwsi Meri Mew," meddaf innau.

Mae Mac yn chwerthin yr holl ffordd yn ôl at yr ardd lysiau. Cyn gadael, mae'n dweud llinell wrth Dei Coch nes bod hwnnw yn nodio ac yn Amenio.

"Be ddwedodd o, Dei?" gofynnodd Dad.

"Hen ddihareb o'r Alban sy ganddo fo, Wil, ar ôl gweld y tail hyfryd yna! 'Tomen dail dda ydi mam y cinio dydd Sul!' Digon gwir hefyd!"

O'r diwedd, mae hi'n brynhawn dydd Gwener. Cloch yr ysgol. Yr ochr draw i'r bompren, mae Now yn disgwyl amdanaf. Mae

dau o'i ffrindiau efo fo ac wrth i Aled a finnau groesi atyn
nhw, mae un yn galw arna i efo gwên:

"Dyma fo, Bob Stori! Oes gen ti ryw hanesyn i'w ddeud
wrthon ni heddiw?"

Mae Eifiona a Gwyneth y tu ôl i mi ac mewn dim mae
criw go dda wedi hel yno. Dwi'n chwilio fy mhen yn sydyn ac
yn cofio am y mynydd wnaeth Nain ei enwi neithiwr.

"Welwch chi'r mynydd acw yr ochr draw i bont y llan,"
meddwn i. "Ydach chi'n gwbod ei enw?"

Tawelwch. Does neb erioed wedi'i glywed ac dwinnau'n
diolch yn ddistaw i Nain Beic.

"Tre-pys-llygod ydi ei enw fo," meddwn innau. "Ac mae
'na stori dda y tu ôl i'r enw."

"Don't want to hear it," meddai Gillian Davies gan basio
a'i ffroen yn uchel yn yr awyr. "No use to me at all. No use!"

Dydi hi ddim yn siarad Cymraeg efo neb rŵan. Mae'n
dweud 'no use at all!' bob tro mae hi'n clywed yr iaith ac yn
stryffaglu i ddefnyddio geiriau Saesneg efo pawb ym
mhobman. Mae hi wedi rhoi'r gorau i ddod i'r capel ac wedi
ymuno efo'r eglwys rŵan.

"No iws!" meddai Harri bach wedyn a rhoi gwib heibio i
ni i fyny'r llwybr gyda'i ffrind newydd o Dafarn y Bont.

"Dos i dy wely, Harri bach," gwaeddodd un o'r hogiau
mawr.

"Mai nêm is Henri, not Harri," gwaeddodd, gan droi
rownd i dynnu stumiau pan oedd yn ddigon pell i ffwrdd.

"Cawr oedd yn byw ar ben y mynydd 'na ers talwm,"
dechreuais ar fy stori. "Stori newydd ydi hon felly rhaid i chi
fod yn dawel oherwydd dwi'n gorfod gwneud y stori a'i deud

hi 'run pryd! Roedd y cawr yn hoff iawn o gaws a byddai'n mynd i Neuadd y Farchnad yn Llanrwst bob dydd Mawrth marchnad a dydd Mercher ffair, ac yn prynu'r holl gaws ar y stondinau yno a'i gario adre i ben y mynydd acw. Roedd o'n gawr mawr iawn – dim ond deg cam roedd hi'n gymryd iddo fo fynd o Langernyw i Lanrwst.

"Oherwydd yr holl gosynnau caws roedd o'n eu prynu yn Llanrwst, roedd o angen cytiau i'w cadw nhw. Bob wythnos, byddai'r cawr yn adeiladu cwt crwn, yn mynd i Lanrwst ac yn llenwi'r cwt a chau'r drws. Roedd o'n cadw digon o gaws ar ei fwrdd ei hun fel bod ganddo ddigon i'w fwyta am wythnos. Yn ystod yr wythnos, codi cwt arall wedyn, i lawr i Neuadd y Farchnad a'i lenwi ac felly ymlaen ac ymlaen.

"Erbyn diwedd yr haf roedd ganddo bymtheg o gytiau caws ar dop y mynydd. Enw pobol Llangernyw ar y mynydd yr adeg hynny oedd Tre-caws.

"Ond pan ddaeth mis Medi, dyma'r tywydd yn dechrau oeri. Fel dach chi i gyd yn gwbod, mae llygod bach yn mynd o'r caeau i waliau'r tai yr adeg honno. Dyma un llygoden bach yn mynd drwy wal un o'r cytiau caws ar gopa'r mynydd ... ac roedd hi'n meddwl ei bod hi wedi cyrraedd y nefoedd! Dyma hi'n bwyta a bwyta'r caws drwy'r dydd nes oedd hi'n ddigon cryf i agor y drws a mynd i ddeud yr hanes wrth ei theulu a'i ffrindiau.

"Aeth holl lygod Llangernyw i ben y mynydd i fwyta'r caws y noson honno. Mi fuon nhw'n bwyta a bwyta drwy fis Medi. Fis Hydref, daeth y cawr adre o ffair Llanrwst yn drist iawn. Doedd dim caws yn y ffair – roedd porfa'n brin yn y dyffryn a fyddai 'na ddim chwaneg o gaws tan yr ha' nesa.

Ond yn sydyn, dyma'r cawr yn cofio am y caws yn y cytiau.

"Hwrê," meddai, "mae gen i ddigon o gaws i bara drwy'r gaea." Ond pan agorodd y cwt cynta, doedd dim un cosyn yno, dim ond tomen o faw – wyddoch chi, y pethau crwn 'na mae rhywun yn ei weld yn y tŷ weithiau: pys llygod!

"Mae'n agor drws pob cwt. Does dim ar ôl ynddyn nhw ond pys llygod. A byth ers hynny, enw'r mynydd acw ydi Tre-pys-llygod!"

"Hwrê!" gwaeddodd un o'r genethod a churo'i dwylo.

"Ac mae 'na gân," meddwn i wedyn. "Fel hyn mae hi'n mynd:

Cawr mawr y caws,
 Be ydi o haws?
 Llygod bach y llan –
 Pys ym mhob man!"

'Dan ni'n gweiddi canu hwn'na drosodd a throsodd wrth ddringo'r llwybr nes byddaru'r pentref i gyd.

Pennod 5

Doedd codi o'r gwely ddim yn broblem y bore Sadwrn hwnnw. Mae Now a minnau wedi claddu powlenaid o uwd, wedi cael crystyn y dorth wedi'i dostio ac wedi cyrraedd y gerddi drwy Goed y Plas erbyn wyth o'r gloch.

Hyd yn oed wrth gyrraedd tir y plas drwy'r drws cefn fel hyn, roedden ni'n sylwi ein bod wedi cyrraedd lle gwahanol iawn i'r tai a'r ffermdai a'r tir roedden ni'n gyfarwydd â nhw. Roedd yma ffyrdd heb gloddiau na ffensys yn arwain drwy laswellt twt, oedd eto'n wag o anifeiliaid. Yma ac acw roedd coed unigol, tal a'u canghennau'n gylch llydan o'u cwmpas. Roedd hyd yn oed y coed yn wahanol i'r rhai roedden ni'n gyfarwydd â nhw. Rhwng y coed, wrth ddod yn nes at yr adeiladau, roedd llwyni mawr bythwyrdd a rhai ohonyn nhw'n dechrau blodeuo – unwaith eto roedd y blodau'n llawer mwy na'r rhai a welson ni ar ddraenen ddu neu goeden afalau.

Yn y pellter, gallem weld cefn y plas ei hun gyda'i waliau mawreddog ar wahanol onglau, a'i do llechi a'i simneiau tal. Ar y chwith roedd wal uchel a drws pren iddi. Hon oedd wal yr ardd lysiau.

"Hwn ydi'r drws 'dan ni i fod i fynd drwyddo, Bob," meddai Now. "Dyna ddwedodd Dei Coch – a chwilio am Ben Lloyd y pen garddwr wedyn."

"Ew, edrych ar yr holl fwg 'na'n dod o'r simneiau," meddwn innau. "Mae yna dân ym mhob stafell yn y Plas, swn i'n ei ddweud."

"Ty'd. Hel dy draed."

Roedd agor y drws fel mynd i wlad arall eto. Llwybrau yn croesi'i gilydd yn sgwâr ar gyfer y gweithwyr rhwng gwlâu pridd. Gydag ochrau'r waliau, roedd coed ffrwythau wedi'u tocio a'u pegio i ddilyn siapiau arbennig. Roedd llwyni ffrwythau meddal fel cyrains duon ac eirin Mair mewn un rhan. Roeddwn i'n adnabod cennin yn tyfu mewn gwely arall. Ond roedd y rhan fwya o'r pridd yn noeth, oni bai am ambell lain dan drwch o wellt.

Roedd dau weithiwr yn cario styllod pren ac yn eu gosod yn llwybr ar ran o'r pridd yn y pen isa oddi wrthym. Ar hynny, dyma weld dyn byr gyda het am ei ben a throwsus melfaréd brown a chôt liain las yn dod tuag atom.

"Helô, hogia. Ben Lloyd ydw i. Fi fydd yn edrych ar eich holau chi yma," meddai. Yna, ychwanegodd gyda gwreichionen o ddireidi yn ei lygaid, "Ac yn gwneud yn siŵr fod ganddoch chi ddigon o waith. Welwch chi'r rhes cytiau brics coch acw? Dowch efo fi ichi adael eich côt a'ch bag bwyd yn fan'no."

Cwt gweithwyr oedd hwnnw. Roedd yno fwrdd pren a rhyw hanner dwsin o gadeiriau, rhai gyda chotiau arnyn nhw yn barod. Gadawodd y brodyr eu cotiau a'u pecynnau.

"Dach chi wedi gwneud tipyn o arddio'n barod meddai Mac wrtha i," meddai Ben Lloyd.

"Mi fues i'n chwynnu maip am ryw fis yr ha' diwetha," atebodd Now.

"Hynny'n waith caled," meddai'r garddwr. "Ar dy bedwar drwy'r dydd yn crafu'r pridd, y rhesi'n hir a gormod ohonyn nhw!"

"Ia, dyna fo i'r dim," gwenodd Now.

"Wel, nid y math yna o arddio sy'n digwydd yn y Plas," meddai Ben. "Mae'ch tad yn trin dipyn o ardd, yn tydi, a dach chi wedi bod yn rhoi help llaw?"

"'Dan ni wedi plannu pys a ffa'r wythnos yma," meddwn innau.

"Y rhesi'n syth?" holodd Ben.

"Go lew, mae'n siŵr," meddai Now.

"Wel, mae sut mae'r ardd yma'n edrych cyn bwysiced â blas y cynnyrch, am wn i," meddai'r garddwr. "Mae hi'n rhy gynnar i chwyn, ond mae digon o waith clirio, paratoi, agor rhesi – rhai syth – a dechrau palu. Dewch efo fi i gael yr arfau."

Doeddem ni erioed wedi gweld y fath gasgliad o ffyrch, rhawiau, shefliau, cribiniau, crymanau, sisyrnau, berfâu, ceibiau, llifiau a phob math o offer diarth o'r blaen.

"Fforch bob un a berfa," meddai Ben, ac awn ati i ddewis arfau sy'n gweddu i'n maint. "Well ichi gael un cribyn hefyd. Dewch efo fi."

Mae Ben Lloyd yn ein harwain drwy ddrws pren yn wal bella'r ardd a down at res o dai gwydr gyda haul y bore ar eu gwydrau a'r wal garreg yn gefn iddynt.

"Mae'r rhain yn wynebu'r de, welwch chi. Digon o haul, ond digon o gysgod y coed acw. Er eu bod nhw ddigon pell i ffwrdd, maen nhw'n cadw'r gwynt a'r stormydd draw."

"Be sy'n tyfu yn y rhein, Ben Lloyd?" gofynnodd Now.

"Grawnwin, eirin gwlanog, lemonau, bob math o ffrwythau o wledydd poeth – a hefyd tomatos, pupurau ac ati. Rŵan mae rhai o'r coed wedi'u tocio yn barod i'r tyfiant newydd – mae eisiau cario'r brigau i gyd at y domen acw wrth gwr y coed. Cribinio'r hen ddail a'r hen goesau sych sy hyd y lle ac wedyn fforchio."

Mae Ben Lloyd yn datgloi'r drws ac yn gadael y goriad ynddo.

"'Dan ni'n gorfod cloi hwn rhag i ddwylo blewog fachu'r ffrwythau drud yma," meddai'r garddwr.

"Llygod blewog, dach chi'n feddwl?" gofynnaf innau.

"Wel, mae gan ambell greadur dwy goes ddwylo blewog hefyd," chwarddodd Ben Lloyd.

Mae'n fore braf ac mae digon o waith i'n cadw'n brysur. Cariaf y brigau mwya allan a chribinio'r manion yn bentyrrau, ac mae Now yn cario'n ôl ac ymlaen gyda'r ferfa.

Tua hanner dydd, pwy welan i'n dod allan o'r coed gyda'i wn wedi'i blygu dros ei fraich ond Mac. Mae'n cael gair gyda Now sy'n gwagio berfâd arall ar y domen. Mae'n plygu i godi rhywfaint o'r brigau i ben y domen a thwtio'i bôn ac yna'n cerdded ar draws y tir agored at y tŷ gwydr lle rydw i wedi dechrau ar y gwaith fforchio erbyn hyn.

"Borrre da!" meddai Mac. Mae bob amser yn dweud tair llythyren 'r' lle byddwn ni'n dweud un.

"Gwd morning!" meddwn innau gyda gwên fach.

"Ha! You learn Sassenach, I learn Cymraeg," meddai yntau'n garedig.

"Fforch," meddwn i.

"Fork," meddai yntau. "Very similar. Glass."

Mae'n tapio ffenest yr adeilad.

"Gwydr," meddwn innau.

"Gwydrrr. House," meddai, gan gyfeirio at y to a'r waliau o'i gwmpas.

"Tŷ," meddwn i.

"Tŷ gwydrrr," meddai Mac.

"House glass," meddwn innau.

"Yes, but we say 'glass-house'," esboniodd Mac.

Mae Mac yn symud draw i enwi rhywbeth arall ond mae fy llygad i wedi'i dynnu gan symudiad ar gwr y coed. Gan fod Now ar ei ffordd yn ôl at y tŷ gwydr gyda'i ferfa wag, a gan fod cefn Mac at y gwydr, dim ond y fi sy'n gweld yr olygfa hon. Gwelaf mai Ifan fy mrawd sydd yno. Mae wedi dod allan o'r coed yn sydyn ac yn edrych fel pe bai ar goll. Yr unig beth y gwn i ydi nad ydw i eisiau i Mac ei weld. Ond be wna i?

Yn sydyn, a heb allu meddwl am ddim arall posib i mi ei wneud, dwi'n rhedeg at y drws, ei gau o'r tu allan, ei gloi a thynnu'r goriad allan a'i ddangos drwy'r gwydr i Mac.

"Goriad," meddwn i, wrth gael ei sylw.

"Open the door, you little monkey!" yw ymateb Mac.

"Goriad. GOR-IAD!" meddwn i.

"Open it!"

"Open it." Dwi'n gwneud ati i ddynwared Mac. Mae wyneb Mac yn raddol droi yr un lliw â'i wallt. Mae'r croen sych ar hyd ei foch at fôn ei war yn troi'n biws a melyn.

"No, no – that's a key. Put it in the door and let me out."

"Ci," meddwn i. "Ci is dog?"

"No, key is – what you call it." Mae'r cipar yn gweiddi nerth esgyrn ei ben bellach. "Aaa! Arrrrr! Let me OUT!"

"Goriad," meddwn i.

"Gorrriad," meddai Mac. "Put the gorrr … what is it? Put the dog in the door and …."

Mae'r cipar wedi'i cholli hi erbyn hyn. Mae'i wallt coch yn

diferu gan chwys a phob cyhyr yn ei wyneb yn pwmpio.

Welais i neb yn tynnu ystumiau mor gynddeiriog o'r blaen – ddim hyd yn oed Mr Barnwell pan fydd hwnnw'n rhoi'r gansen i un o'r plant.

Dwi'n sylweddoli na fedra i 'i wthio ddim pellach. Heb edrych ar ei wyneb, gwthiaf y goriad yn ôl i mewn i'r twll clo. Ond mae fy mysedd yn chwyslyd ac yn chwithig ac efallai fod y clo ychydig yn stiff ar ôl y gaeaf. Dwi'n methu'n lân â rhoi tro yn y goriad er mwyn datgloi'r drws.

"Op... op... open it! L... L... Let me out! F... F... fire!" rhuodd Mac, drwy'i atal dweud. Roedd wedi gwallgofi yn ei garchar gwydr ac yn curo ar y ffenestri gyda'i ddau ddwrn mawr caled. Fire? Tân? Dwi ddim yn deall ...

Dwi'n rhoi cynnig arall ar y goriad, ond mae'n rhy stiff imi.

"S... S... Stand back!" gorchmynnodd Mac.

Gyda charn ei wn, mae'n torri un o baenau gwydr y drws – yr un agosa at y clo. Yn wyllt, mae'n gwthio'i law drwy'r ffenest doredig ac yn cydio yn y goriad. Wrth iddo roi tro iddo, dwi'n gweld gwaed yn rhedeg i lawr ei fraich. Yna mae'n tynnu'i fraich yn ôl, troi dwrn y drws ac yn cerdded yn rhydd o'i gell.

Mae'n mynd heibio fi fel corwynt fel pe na bawn yno, gyda'r gwn ar ei ysgwydd erbyn hyn.

"Be sy'n bod fan hyn?" Mae Now wedi cyrraedd fy ochr i ac mae'n edrych yn ddryslyd arna i wrth weld Mac wedi'i heglu hi i ffwrdd a cholli'i limpyn yn lân. Wrth edrych dros ysgwydd Now, dwi'n sylwi fod y ddrama swnllyd wedi gyrru Ifan yn ôl i'r coed a'i bod hi'n ddiogel bellach i ollwng y cipar o'i gawell.

"Fi oedd yn trio dysgu'r gair 'Goriad' iddo fo," meddwn i. "Ond dwi'n meddwl ei fod o wedi blino ar ei wersi."

Pan gyrhaeddwn yn ôl adref ar ôl diwrnod hir yng ngardd y Plas, mae'r ddau ohonom yn rhoi'r swllt o gyflog a gawsom bob un ar y ddresel i Mam. Fedra i ddim peidio sylwi bod tri swllt arall ar y ddresel yn barod.

"Fuodd Ifan yma heddiw, Mam?" dwi'n ei ofyn mewn llais diniwed.

"Do, mi biciodd yma ddiwedd y pnawn," oedd yr ateb.

Pennod 6

Yn hwyrach y noson honno, roeddwn i'n sgwrsio am ddarnau o *Gymru'r Plant* yng nghwmni Nain. Arwyddion y gwanwyn yn y golofn natur roedden ni'n eu cael heno ac roedd Jac yno i ddysgu ambell air Saesneg bob hyn a hyn.

"Mae pobol sy'n medru dwy iaith efo dwywaith cymaint i'w gynnig," meddai Jac. "Dysga di ddwy iaith ac mi fydd yn haws iti gael gwaith. Yn fuan iawn mi fydd angen Cymraeg ar gyfer gwneud y rhan fwya o waith cyhoeddus yn ein gwlad ni."

Dyna gnoc annisgwyl ar y drws. Pan ddaw Nain yn ôl i'r gegin, mae ganddi ymwelydd gyda hi. Dwi'n dychryn fymryn bach wrth weld y gwallt coch blêr a'r locsyn trwchus. Doeddwn i ddim wedi disgwyl gweld y cipar yma yn nhŷ Nain. A dweud y gwir, doedd gen i fawr o awydd ei weld am sbel go dda o amser.

"Mac sy yma yn holi amdanat ti," meddai Nain Beic. "Mi alwodd yn Bronrhwylfa a chlywed dy fod yma."

Mae Jac yn ei gyfarch yn Saesneg ac yn synnu ei glywed yn dweud ambell air Cymraeg ac yn pwyntio ata i gan ddweud mai'r 'young laddie' sydd wedi bod yn ei ddysgu. Wedi i Mac ddweud ei bwt, mae Jac yn troi ata i a dweud:

"Mae rhwbath yn poeni Donald, Bob. Mi waeddodd o arnat ti heddiw ac mae o'n difaru. Mae wedi dod yma i ymddiheuro ac i esbonio drwy ddeud ei stori. Hynny ydi, os wyt ti'n fodlon iddo fo'i deud hi ac i minnau ei chyfieithu hi iti?"

Dwi'n edrych ar fraich Mac a gweld fod toriad go ddrwg lle cafodd ei frathu gan wydr y drws. Mae wedi golchi'r briw ond mae'n dal yn grachen loyw ar ei groen. Mae'r croen sych ar hanner ei wyneb yn dal yn goch iawn.

"Ydw siŵr," meddwn innau, gan edrych ar friw Mac ac yna i fyw ei lygaid. "Mae'n ddrwg gen i, Mac."

Chwifiodd Mac ei law i ddangos nad oedd ots am hynny. Eisteddodd wrth y tân. Gyda hyn, o damaid i damaid, dwi'n cael stori Mac drwy eiriau Jac.

"Mi ges i fy magu mewn ardal wledig yng ngogledd yr ynys. Torri mawn o'r tir uchel, pysgota yn y môr pan oedd hwnnw'n ddigon tawel, godro un fuwch, magu 'chydig o ddefaid a thyfu 'chydig o datws a cheirch – dyna oedd gwaith a bywoliaeth pob tyddynnwr yn yr ardal. Yr eglwys bob Sul, cwch i'r tir mawr rhyw ddwywaith y flwyddyn. Gwerthu pob oen er mwyn talu'r rhent i'r meistr tir. Roedd hwnnw'n byw mewn castell mawr ac wedi hel y rhan fwya o'r bobol oddi ar y tir i wneud lle i'w barc hela ceirw a'i ffriddoedd saethu grugieir.

"Dwi'n perthyn i hen deulu'r MacDonalds, fel llawer iawn o ynyswyr Skye. Gaeliaid ydan ni, yn siarad Gaeleg, yn canu'r hen ganeuon a'r hen offerynnau, yn rhan o hen wareiddiad Celtaidd gorllewin Ewrop. Fel y rhan fwya o'r Macs yn yr Alban, mi gollon ni'n tir a'n hawliau ar ôl brwydr fawr yn erbyn byddin o Loegr rhyw gant a hanner o flynyddoedd yn ôl.

"O fod yn bobol rydd ac annibynnol, mi ddaethon dan fawd meistri tir caled a hunanol. Cafodd cannoedd o filoedd eu troi o'u cartrefi – ymfudodd cannoedd o filoedd o bobol ifanc i Ganada a Seland Newydd ac i bob rhan o'r byd. I'r rhai arhosodd, y dewis oedd bod yn weision bach i'r meistr tir neu ymuno gyda'r fyddin a mynd i ymladd brwydrau Prydain yn Affrica ac Asia. Mae ganddon ni hen ddywediad, 'Dwyt ti ddim yn dysgu ci efo ffon', ond dyna sut oeddan ni'n cael ein trin.

"Ymuno gyda'r Scots Fusiliers wnes i pan dorrodd rhyfel yn Ne Affrica rhwng y Boeriaid a'r Prydeinwyr. Y meistr tir oedd yn dod o amgylch pentrefi Ynys Skye i hel y dynion ifanc i'r fyddin. 'Bydd pob dyn ifanc fydd yn mynd i ymladd dros y British Empire yn y Boer War yn cael tyddyn a 15 acer o dir!' Dyna oedd addewid mawr y dyn mawr.

"Dyma fi, a llawer iawn o fechgyn Skye, yn rhoi fy enw ar restr y fyddin. Ydw, dwi'n gallu darllen a sgwennu, dach chi'n gweld. Yn hogyn, ro'n i'n mynd i ysgol fach yng ngogledd Skye. Yn fan'no, mi ddysgais adrodd *Mairrie had a little lamb* a chanu *God Save the Queen* a chyfri *one*, *two*, *three* a sgwennu dyddiadur Saesneg – fel chi. Dwi wedi deud wrthych chi'n barod am y pen llwynog roedd pob plentyn yn ei gael ar ei ben os oedd yn cael ei ddal yn siarad Gaeleg, ac am y gansen a gâi'r un oedd yn gwisgo hwnnw ar ddiwedd y pnawn.

"I wersyll milwrol i ddysgu martsio a saethu reiffls wedyn, ac yna ar long o Southampton i Dde Affrica. Ar y llong, mi gawsom gwmni'r Welsh Fusiliers ac mi wnaeth un gŵr ifanc pengoch ymhlith y Cymry dynnu fy sylw. Roedd yn edrych yn rêl Celt, yn debyg iawn i ni bobol gwallt coch yr ynysoedd pell yn y gogledd. Mi gawsom lawer o gwmni'n gilydd ac mi ddaeth Dei Coch yn ffrind mynwesol i mi. Roedd o'n sôn am Langernyw ac ro'n innau'n siarad am Skye. Roeddan ni'n rhyfeddu mor debyg oedd ein bywydau yn y ddau le.

"Ar ôl cyrraedd Durban, mi gawsom ein taflu ar ein pennau i'r rhyfel. Martsio, brwydr, martsio, brwydr. Weithiau ar ein pennau'n hunain, weithiau gyda'r Cymry wrth ein hochrau. Dyna pryd y dysgon ni pwy oedd y gelyn. Doedd gennym ni ddim syniad pwy oedd y 'Boer' cyn hynny. Pobol wedi ymfudo i Dde Affrica o'r Iseldiroedd ydyn nhw, pobol o Ewrop fel ni, ac ystyr y gair 'boer' yn eu hiaith nhw ydi 'ffermwr'. Roedden ni wedi gadael ffermydd a thyddynnod yn yr Alban i fynd i hel ffermwyr oddi ar eu tiroedd yn Ne Affrica.

"Achos y rhyfel oedd bod aur a diamwntau wedi cael eu darganfod yn nhiroedd y Boer yn Transvaal a'r Orange Free State. Roedd Prydain wedi penderfynu eu bod nhw eisiau'r tir – a'r trysor – ac felly roedd yn rhaid hel y ffermwyr oddi yno. Roedden ni'n rhan o fyddin anferth – hanner miliwn o filwyr proffesiynol o dan arweiniad Kitchener yn erbyn 50,000 o ffermwyr.

"Ond y Boeriaid oedd yn adnabod y wlad. Nid dwy fyddin yn wynebu'i gilydd ar dir agored oedden ni. Ymosod yn gyflym, yn aml yn ystod y nos, a chilio i'r mynyddoedd a'r tir gwyllt roedd y Boeriaid. Roedden nhw'n rhy gyflym ac yn rhy gyfrwys i ni. Roedd amryw o filwyr yn cael eu lladd a llawer mwy'n cael eu colli i glefydau'r cyfandir poeth. Ymladd am arian roeddem ni; ymladd dros eu teuluoedd yr oedd y Boer.

"Gan nad oedd pethau'n mynd yn dda i ni, mi gollodd Kitchener ei ben. Gan fod ymladdwyr y Boer yn byw ar herw yn y tir gwyllt, doedd neb ar ôl i amddiffyn eu cartrefi. Dyma ni'n cael gorchmynion i losgi'u ffermydd a lladd eu hanifeiliaid, a llosgi'u prif drefi. Ym Medi 1901, anfonwyd y Cymry a ninnau i dre Reitz i saethu pawb a'i llosgi i'r llawr. Wedyn y ffermydd. Y ni o bawb – hogiau un fuwch a dyrnaid o ddefaid – yn saethu gwartheg braf dyffrynnoedd y Boeriaid. Ac yn waeth na'r cyfan, hel y gwragedd a'r plant nad oedd wedi cael eu lladd i *concentration camps* mawr i gael eu llwgu i farwolaeth, a'r cyfan er mwyn torri calon y Boeriaid.

"Dwi'n deud wrthych chi, eu gwneud nhw'n fwy penderfynol i ennill wnaeth hynny. Yn y diwedd, y ni wnaeth dorri'n calonnau. Roedd hi'n hwyr glas gennym adael y llanast barbaraidd a dyna ddigwyddodd yn y diwedd.

"Llong yn ôl i Southampton, gadael y fyddin ac yn ôl i'r pentre bach ar Ynys Skye i chwilio am y tyddynnod a'r tir oedd wedi'u gaddo i ni. Ond celwydd oedd y cwbwl. Roedd y meistr tir wedi newid ei feddwl gan fod cymaint ohonon ni wedi dod adre'n fyw!

"Mi ddysgais waith cipar ar un o'r stadau mawr yn yr Alban ond roedd y lle'n llawn atgofion chwerw, a bu'n rhaid gadael. Mi gysylltais â Dei Coch ac mi ges wybod am y stad yma yn Llangernyw, a dyma fi.

"Ond dydi hynny ddim yn egluro'n iawn beth ddigwyddodd y bore 'ma. Ro'n i'n meddwl 'mod i wedi cael gwared â'r hunllefau drwg am y rhyfel gwarthus yna. Ond pan gaeodd drws y tŷ gwydr arna i heddiw a phan glywais glic y clo, ro'n i'n ôl yn nhre Reitz. Roedd rhyw swyddog o Sais wedi deud wrth griw ohonom i hel yn dyrfa fechan o hen wragedd, mamau a phlant i adeilad pren gyda llawer o ffenestri ynddo yng nghefn y stryd fawr. Mae'n bosib iawn mai ysgol oedd hi. Ro'n i yn un o'r stafelloedd yn ceisio tawelu'r bobol druenus yma pan glywais i'r drws allan yn cael ei gloi. Mewn dim, roedd oglau mwg yn dod drwodd i'r stafell. Roedden nhw wedi cael gorchymyn i losgi'r lle a'r trigolion ynddo.

"Roedd y fflamau wedi dechrau cydio pan redais i'n ôl am y drws. Mi fu yn rhaid imi fynd drwy fwg a sefyll wrth wal oedd ar dân er mwyn malu gwydr y drws gyda charn y gwn a dianc. Y fi oedd yr ola i ddod allan yn fyw o'r adeilad hwnnw yn Reitz. Ond roedd fy nillad ar dân ac mi gollais i hanner croen fy wyneb. Dyna pam fod y fath olwg arna i o hyd. A dyna pam fod yr atal dweud yn dod yn ei ôl weithiau – mae o gen i ers imi gael y pen llwynog yn yr ysgol fach ar ynys Skye pan oeddwn i'n hogyn."

Wedi i Jac ddod i ddiwedd stori Mac, bu'r pedwar ohonom yn syllu i'r tân am rai munudau. Yna dywedodd hyn, a dyma Jac yn ei gyfieithu inni:

"Nid blin gyda Bob oeddwn i'r bore yma ond blin gyda'r Sassenachs – y meistr tir, Kitchener, y pen llwynog ... a dwi'n ymddiheuro am y gweiddi."

"Pa ryfedd, Mac bach?" meddai Nain Beic. "Pa ryfedd dy fod ti'n teimlo fel gweiddi weithiau."

Cododd Mac a thynnu'i law ar hyd ei farf goch.

"Ti," meddai wrtha i. "Ti learn Sassenach. Me learn Cymrrraeg. Iawn?"

"Iawn, Mac," meddwn innau gan dderbyn ei law a'i hysgwyd gyda gwên.

Dwedodd rywbeth arall wrth Jac ac roedd hwnnw'n gwenu'n braf wrth gyfieithu i ninnau:

"Gei di a dy frawd ddod i erddi'r plas i ennill eich sylltau ac i ddysgu Cymraeg i mi – ond dwedwch wrth y brawd arall 'na am fynd i ennill ei sylltau yn rhywle arall, ymhell oddi wrth fy ffesantod i!"

Gyda chwerthiniad cawraidd, mae'n plygu'i ben ac yn mynd allan drwy'r drws.

Gyda'r nos ar y Sul hwnnw, mae Dad yn teimlo'n ddigon cryf i fynd am dro bach ar hyd y ffordd wastad ar hyd y rhosydd. Mae ganddo ffon gollen yn ei law dde a thipyn o herc yn ei glun.

"Dwi'n teimlo'n hen a chloff," meddai wrtha i wrth inni gerdded yn bwyllog. "Dydi hi ddim ond fel ddoe nad oeddwn i'n gwibio fel sgwarnog ar hyd y rhosydd yma!"

Ond yn ara deg bach, rydan ni'n cyrraedd y man hwnnw lle mae golygfa orau'r byd i mi. Mae'r gwanwyn yn taflu'i liwiau ysgafn ar y cloddiau ac ar yr helyg a'r cyll, ac mae'r mynyddoedd yn edrych yn rymus yn erbyn awyr y machlud.

Cyn troi'n ôl, rydan ni'n oedi mewn tawelwch i ryfeddu. Ac yna dywedodd Dad:

"Wsti, Bob, dwi'n teimlo fy hun yn cryfhau wrth weld y wlad yma. Ydw wir. Mi fydda i'n gwella rŵan bod y gwanwyn yn gafael, siŵr i ti."

Ychydig wyddwn i y byddai hi'n cymryd llawer mwy nag ychydig wythnosau o wanwyn i Dad wella. Roedd dros ddwy flynedd arall o fyw ar y plwy yn ein hwynebu fel teulu.

Rhan 3

Llangernyw, Medi 1907

Pennod 1

"Hei Bob, oes gen ti stori inni pnawn 'ma?" Beryl ydi enw
hon. Mae hi newydd ddechrau yn Ysgol y Llan ers rhyw fis ac
fedra i ddim llai na meddwl sut roeddwn i'n teimlo pan
oeddwn i'n gwneud yn union yr un peth dair blynedd yn ôl.

Mae hi'n bnawn Gwener. Ar ôl i'r gloch ganu a chael ein
rhyddhau o'n gwersi am y tro olaf yn yr wythnos, mae criw
ohonon ni wedi dechrau hel yn y darn sgwâr yr ochr draw i'r
bompren. Mae ganddon ni enw ar y llecyn erbyn hyn –
'Buarth y Bompren'. Dwi'n un o'r rhai hynaf yn yr ysgol
bellach, yn ddeg oed ac yn y dosbarth sy'n paratoi i fynd i'r
Ysgol Sir yn Llanrwst y flwyddyn nesaf.

Os bydd hi'n braf, mi fyddwn yn aros yno am ryw hanner
awr cyn bod pawb yn mynd adref am ei de. Dwi wedi darllen
am gyfarfodydd plant fel hyn mewn ardaloedd eraill yng
Nghymru a heddiw mae gen i rywbeth dwi ar dân eisiau'i
rannu gyda gweddill y criw.

"Welshies! No iws! No iws at ôl!" Harri ydi hwn'na, a rhyw
ddau neu dri o'i gang yn mynd heibio ac yn galw enwau o ben
draw'r llwybr.

"Dos, y twmffat, cyn i ni dy daflu di i afon Collen," gwaeddodd Aled ar ei ôl.

"Ddim stori pnawn yma, Beryl," meddaf innau, "ond mae gen i hanes bach i'w adrodd ichi. Hanes sy'n digwydd heddiw ydi o, felly mae o'n hanes sy'n dal yn fyw. Yr hyn sy'n gyffrous yn hynny ydi y gallwn ni fod yn rhan ohono. Mewn geiriau eraill – mi allwn ni greu hanes."

Mae pawb yn gwrando rŵan. Mae yna ryw ugain ohonom yn hel ym Muarth y Bompren fel hyn, ac ers i'r ysgol ailddechrau ar ôl gwyliau'r haf, rydan ni'n griw mwy o lawer, gyda rhyw hanner dwsin o'r plant newydd wedi ymuno â ni.

"Ro'n i'n darllen mewn hen rifyn o *Cymru'r Plant* am gymdeithas i blant sy wedi dechrau yng Nghymru. Urdd y Delyn ydi'i henw hi. Mae canghennau'n cael eu sefydlu mewn sawl ardal yng Nghymru ac mewn trefi yn Lloegr fel Lerpwl a Manceinion lle mae llawer o Gymry Cymraeg yn byw."

"Be ydi 'Urdd'?" gofynnodd Beryl.

"Gair arall am gymdeithas ydi hwn'na," atebais innau. "Ond mae'n gymdeithas drefnus gyda nod arbennig ac mae pedair nod gan Urdd y Delyn."

"Be ydi'r rheiny, Bob," gofynnodd Eifiona.

"Yn gynta, siarad Cymraeg efo'n gilydd a dysgu sgwennu a darllen Cymraeg yn iawn."

"Wel, 'dan ni'n gwneud hynny, yn tydan," meddai Aled. "Pawb ond Harri."

"Mae 'na fwy i'w ddysgu o hyd ac mae 'na fwy o bethau Cymraeg i'w darllen bob dydd," meddwn innau. "Mae gan rai ohonon ni lyfrau adre, ond ydan ni'n eu rhannu nhw? Nac ydan. Mae eisiau lle inni ddod â llyfrau a phapurau a'u benthyg nhw i'n gilydd."

"Rhyw fath o lyfrgell Gymraeg, ti'n feddwl, Bob?" gofynnodd Gwyneth. "O! Mi fasa hynny'n dda! Faswn i wrth fy modd yn cael mynd i fan'no i helpu plant llai na fi i ddarllen. Ond yn lle?"

"Ddown ni'n ôl at hwn'na. Yr ail beth gan Urdd y Delyn ydi dysgu hanes Cymru. Gwbod be ddigwyddodd ddoe, meddwl be ddylen ni ei wneud heddiw ac anelu at fory sy'n well na'r hyn sy ganddon ni ar hyn o bryd."

"Mae Mam yn gofyn i mi bob amser te: 'Be ydi dy hanes di heddiw?'" meddai Beryl. "Hanes fel'na wyt ti'n ei feddwl, Bob?"

"Mae hanes yn cynnwys hynny ond hefyd yn mynd â ni yn ôl i amser Nain a Taid, a llawer iawn cyn hynny," meddwn innau wedyn. "Hanes arwyr Cymru, hanes cestyll ac eglwysi, hanes ffarmio a physgota – ein hanes ni yn ein gwlad ein hunain."

"O, storis fatha'r rhai ti'n eu dweud, ie Bob?" gofynnodd Gwyn, sydd rhyw flwyddyn yn iau na fi.

"Straeon fel sy 'na yn *Cymru'r Plant*," meddwn. "A hefyd straeon am Langernyw – mae gan y lle yma lawer i'w ddeud wrthon ni. Mae hanes yn dechrau wrth ein traed ac yn tyfu at ein pennau. A'r trydydd nod gan Urdd y Delyn ydi bod plant heddiw yn dysgu canu'r delyn ac yn canu hen alawon Cymru."

"O! Mae hyn'na'n dda!" meddai Eifiona a'i llygaid yn gloywi. "Gawn ni ganeuon Cymraeg felly?"

"Mae Nain yn medru canu'r delyn," meddai Beryl a gwên lydan ar ei hwyneb.

Sioned Tŷ Du ydi nain Beryl. Mae hi'n byw yn y fferm ar lan afon Collen sy'n is i lawr na Buarth y Bompren. Pan fydd priodas yn yr eglwys mi fydd Sioned yn canu'r delyn ym mhorth y fynwent. Mae hi hefyd yn mynd â hi i dafarn y Carw Coch weithiau, adeg swper cynhaeaf neu adeg y Nadolig, ac maen nhw'n dweud ei bod hi'n noson lawen tan yr oriau mân ar y nosweithiau hynny.

"A'r pedwerydd nod, yr un ola," meddwn i, "ydi byw fel Cymry. Dysgu'r pethau gorau, eu cadw nhw ond eu mwynhau nhw a'u gwneud nhw'n rhan o'n bywydau ni."

"Dwi'n bendant eisiau gweld cangen o Urdd y Delyn yn y llan yma," meddai Aled.

"A finnau!" cytunodd Eifiona. "Pam na chawn ni un?"

"Mae hynny'n ddigon hawdd," meddwn innau. "Nid gofyn a gawn ni sydd eisiau ond mynd ati i wneud hyn. Yn ôl fel dwi wedi'i ddarllen, y plant sy'n cadw'r canghennau yma'n fyw. Nhw sy'n galw'r cyfarfodydd. Mae pob cyfarfod yn dechrau drwy ganu cân Gymraeg, wedyn mae rhywun yn darllen darn da maen nhw wedi cael o hyd iddo fo ers y cyfarfod diwetha. Maen nhw'n cael taith gerdded hanes lleol weithiau, neu ddeud straeon neu gyfarfod cystadleuol."

"Steddfod!" gwaeddodd Eifiona. "Mi allwn gael steddfod!"

"Dwi am ofyn i Nain roi gwersi imi ar y delyn," meddai Beryl.

"Mae Dad yn dda am wneud penillion," meddai Gwyn. Mab Cledwyn y saer ydi Gwyn. "Mi ellith o ddod i ddysgu inni odli."

"Ond lle?" gofynnodd Gwyneth. "Lle mae hyn i gyd yn mynd i ddigwydd?"

"Be sy'n bod ar fan'ma i ddechrau arni?" cynigiais. "Mae

Buarth y Bompren ar ôl ysgol nos Wener nesa gystal lle ag unlle, ydi o ddim?"

"Ydi, cyn belled y bydd hi'n braf," meddai Aled.

"Fentrwn ni ar hynny am y tro," meddwn i. "Awn ni i borth y fynwent os bydd hi'n bwrw. Beth fydd ein cyfarfod cynta ni?"

"Canu – bydd yn rhaid inni ganu efo'n gilydd," meddai Eifiona.

"Pa gân mae pawb yn ei gwbod?" gofynnodd Gwyneth.

"Beth am ddechrau efo 'Hen Wlad fy Nhadau'?" cynigiodd Eifiona. "Fyddai hi ddim yn ddrwg o beth dechrau efo hon'na weithiau, yn na fasa?"

"Iawn, mi wnawn ni hynny," meddwn i. Dwi'n edrych ar rai o blant hynaf yr ysgol. "Geraint, wnei di chwilio am ddarlleniad at yr wythnos nesa? A be wnawn ni wedyn?"

"Wn i! Mi wna i ofyn i Nain ddod yma efo'i thelyn!" cynigiodd Beryl.

"Wythnos nesa, mi wna i nodyn o enw pawb sy'n dod i'r cyfarfod cynta ac mi wna i yrru'r cwbwl i *Gymru'r Plant*," meddwn. Mae gan Urdd y Delyn bron ddwy fil o aelodau'n barod, felly er mai criw bychan ydan ni, 'dan ni'n rhan o rwbath mawr yn barod."

"Dwy fil! Dwy fil o blant Cymru!" meddai Aled. Mae rhyw gyffro yn cerdded drwy'r cwmni. Yn y cyffro hwnnw, dwi'n clywed balchder newydd.

"Am na chawson ni gân ar y dechrau," meddai Eifiona, "gawn ni orffen drwy ganu un heddiw cyn mynd adre am de?"

"Be ganwn ni, Eifiona?"

"Mi fasa 'Plant Dic Siôn Dafydd' gan yr hen Abel Crwst yn

iawn, yn basa?" meddai hithau. Mae llawer o'n teuluoedd ni'n cofio'r hen Abel yn canu baledi yn ffeiriau Llanrwst ac yn eu gwerthu am geiniog yr un, ond mi fu farw'n dlawd rhyw chwe mlynedd yn ôl. Eto, mae llawer o'i faledi dal yn fyw, ac yn arbennig hon am y Cymry hynny sy'n troi cefn ar y Gymraeg wrth glywed Saesneg. Mae Eifiona'n canu'r pennill hwn yn gyntaf:

Mae ffyliaid o Gymry i'w gweled bob dydd
Yn treisio'r Gymraeg yn ei gosod dan gudd,
Pan fyddont i'w gweled mewn marchnad neu ffair,
Ni allant hwy siarad ond Saesneg bob gair.

Yna mae pawb yn ymuno yn y gytgan:

Truenus y gwaith, truenus y gwaith,
Fod achos i Gymro i wadu ei iaith.

Mae gan Eifiona bennill arall inni:

Fel roeddwn i'n myned i siop William Puw,
Gan feddwl mai Cymry oedd yno yn byw,
Gofynnais fel arfer am ddwy owns o de,
Ond methodd â'm deall – un byddar oedd e!

Y gytgan gan bawb eto:

Truenus y gwaith, truenus y gwaith,
Fod achos i Gymro i wadu ei iaith.

Ar ddiwedd y gytgan, mae Eifiona yn pwyntio at Aled ac mae gan yntau lais da:

Gan nad oeddwn innau ond bychan o Sais,
Gofynnais i wedyn i berchen y bais
Am de a thobaco a menyn a chán,
A'r wraig a'm hatebodd, "Speak English, old man".

Pawb eto:

Truenus y gwaith, truenus y gwaith,
Fod achos i Gymro i wadu ei iaith.

Mae Aled yn pwyntio at Gwyneth ac mi ganwn:

I see great *rhyfeddod* in London one day,
A something like lion was running away,
The people was frightened and I was *'run fath*,
The same as *llygoden* afraid of a *cath*.

A gan bawb wedyn:

Truenus y gwaith, truenus y gwaith,
Fod achos i Gymro i wadu ei iaith.

Cododd Gwyn ei law a chanu:

Men feet is *traedfilwyr – chwi wyddoch rwy'n siŵr*,
A sea breaches army *yw milwyr y dŵr*,
Male cow is a *tarw*, and *plentyn* is boy,
And there's the translation *i gyd wedi'i roi*.

Arweiniodd Eifiona ni i ganu'r gytgan ddwy waith:

Truenus y gwaith, truenus y gwaith,
Fod achos i Gymro i wadu ei iaith.

Wrth adael Buarth y Bompren, roedd rhai yn dal i fwmian canu. Wrth gerdded adref fy hun, rŵan bod Now ar ei ail flwyddyn yn yr Ysgol Sir, Llanrwst, fedrwn i ddim llai na theimlo bod Medi – mis ola'r haf – yn ddechrau ar dymor newydd yn Llangernyw.

Pennod 2

"Ydi Dad ti yn iawn ar ôl gweithio?" Dwi wedi taro ar Mac yng Nghoed Twlc. Dwi'n cerdded adref ar hyd llwybr y coed yr adeg hon o'r flwyddyn gan hel cnau cyll ar y ffordd.

"Mae o'n dda iawn diolch, Mac. Dydi'r boen yn y cefn ddim wedi dod yn ôl." Wedi tair blynedd heb fedru gweithio, mae Dad yn falch o gael bod yn was fferm ac yn ennill cyflog unwaith eto.

"Da iawn, was. Da iawn," meddai Mac. Mae'n braf medru sgwrsio yn Gymraeg gydag o fel hyn. Ac mae yntau wedi dysgu llawer o eiriau Saesneg i minnau.

Adref, mae Jac ar y buarth. Dydi tymor coleg Bangor ddim wedi dechrau eto ac mi fydd yn mynd yn ôl yno i'w ail flwyddyn cyn bo hir. Dwi'n sôn wrtho ein bod wedi sefydlu Urdd y Delyn ac y byddwn yn cynnal gwahanol weithgareddau. Mae wrth ei fodd.

"Dyna'n union sydd eisiau yn y pentre 'ma," meddai. "Yn y coleg, mae yno fyfyrwyr o bob rhan o Gymru. Mae llawer o ysgolion wedi newid i gynnwys Cymraeg fel rhan o'u haddysg erbyn hyn. Mae Llangernyw ymhell ar ei hôl hi."

"Sut bod rhai ysgolion yn cael astudio Cymraeg a ninnau ddim yn cael ei siarad hi hyd yn oed?"

"Gormod o rym gan y prifathro a'r eglwys ydi'r drwg," meddai. "Ond mae pethau'n newid. Mae gan Gymru ei Bwrdd Addysg ei hun erbyn hyn."

"Fedr y Bwrdd Addysg yma ddim gorfodi pethau i newid yn Ysgol y Llan?"

"Maen nhw newydd benodi Prif Arolygydd dros Gymru," meddai Jac, ac mae rhyw gyffro yn ei lais. "O. M. Edwards ydi hwnnw, sy wedi sgwennu cymaint o werslyfrau Cymraeg i ysgolion yn barod a hefyd, wrth gwrs, yn golygu *Cymru'r Plant* bob mis."

"Ydi hynny'n golygu na fydd yn gweithio ar y cylchgrawn ddim mwy?" Mae'n rhaid fod dipyn o bryder yn fy llais oherwydd mae Jac yn prysuro i gynnig cysur imi.

"O na, mae *Cymru'r Plant* a'r holl waith sgwennu yn bwysicach rŵan nag erioed, yn ôl yr hyn mae Owen Edwards yn ei ddeud."

"O, diolch byth am hynny."

"Yn y papur, roedd Owen Edwards yn gaddo y bydd yn newid pethau ac y bydd y newid yn digwydd ar unwaith. Dydi o ddim am weld cenhedlaeth arall o blant Cymru yn cael cam, meddai o, oherwydd rhyw 'athrawon anwladgarol, disymud, anwybodus' – dyna'i union eiriau o!"

"A dyna ddisgrifiad perffaith o rai o athrawon y pentre 'ma!"

"Ond diolch byth, mae rhai eraill sy'n hollol wahanol," meddai Jac. "Fel rhan o'r cwrs coleg, dwi'n wedi cyfarfod Llew Tegid, cyn-brifathro Ysgol y Garth, sy'n codi arian i ddatblygu'r brifysgol. Mae o'n fardd ac yn llenor ac wedi bod yn senedd Llundain ar ran athrawon gorau'r sir lle'r enillodd yr hawl i ddefnyddio mwy o Gymraeg yn ysgolion Cymru. Mae o'n rhan o fudiad sy'n ymgyrchu i gael tair miliwn o siaradwyr Cymraeg yng Nghymru! Tra oeddwn i a rhai myfyrwyr eraill yn ei gyfarfod, aeth i'w fag a thynnu pren Welsh Not allan ohono. Dyna'r Welsh Not mwya i mi ei weld erioed – roedd yn anferth! Wyddost ti beth oedd ei hanes o?"

"Na. Be?"

"Roedd gweithwyr wedi dod o hyd iddo o dan styllod y llawr yn Ysgol y Garth cyn iddo adael. Wrth ei ddangos inni, mi ddwedodd, 'Does yna ddim lle i rywbeth mor erchyll â hwn yn addysg Cymru byth eto. 'Dan ni'n creu prifysgol newydd yma ym Mangor ac mae addysg Gymraeg yn rhan allweddol ohoni. O'r brifysgol hon y daw'r athrawon nesa i ddysgu plant Cymru am eu hanes a'u hiaith.' Dyna oedd ei eiriau o."

"Eitha peth hefyd," meddwn innau. "Bechod na fasa yna dwll yn llawr ysgol Llangernyw yma hefyd inni stwffio'r hen Welsh Not yna drwyddo ac allan o'n golwg ni am byth."

"Ia," meddai Jac wedyn. "Ond cofia di, dwi'n clywed hanesion gan fyfyrwyr eraill yn y coleg ym Mangor. Mae llawer ohonyn nhw'n teimlo 'run fath â ninnau – ond maen nhw'n deud bod pethau'n waeth mewn rhai ardaloedd. Mae'r Welsh Not wedi gwneud ei waith ac mae hanner y plant yn siarad Saesneg efo'i gilydd hyd yn oed pan fyddan nhw tu allan i'r ysgol."

"Hanner y plant!" Mae hon yn dipyn o sioc i mi.

"'Smo ti'n gwbod dy eni, Jac bach!' – dyna ddwedodd Morgan o Donypandy wrtha i ym Mangor. 'Mae bron â bod yn rhy hwyr i'w cael nhw i droi'n ôl at y Gwmrâg lawr ffor'co, twel.' Mae hon yn broblem i Gymru gyfan, nid dim ond yn Llangernyw."

Yr wythnos ganlynol yn yr ysgol, mae Capten y plas o flaen y dosbarth gyda chyhoeddiad arbennig.

"I have decided to make a gift to the school, boys and girls. I will donate a flag pole to the Church of England Llangerniew School, and on every Empire Day and national celebrations such as a coronation or the birth of a royal child, the national flag will be flown in front of the school."

Yna mae'n agor pecyn ac yn dangos Union Jack inni, gan ei hagor i'w llawn maint o'i flaen.

"Hurrah!" gwaeddodd Mr a Mrs Barnwell gan guro dwylo, gan ddangos i ninnau i gyd y dylem wneud yr un peth.

Cafodd y faner ei rhoi ar wal y dosbarth yn ochr map o'r byd sy'n dangos holl diroedd y British Empire arno mewn pinc. Mae'n cynnwys tua chwarter holl diriogaeth y byd erbyn hyn.

Drannoeth daeth criw o weithwyr i godi polyn i ddal y faner. Canwyd y gloch pan oedd popeth yn barod a threfnwyd ni'n rhesi o flaen y polyn. Daeth y Capten o'r ysgol gyda'r faner dros ei fraich. Yn urddasol ac yn hynod, hynod o bwysig, clymodd y faner wrth gortyn y polyn a chododd hi fry uwchben yr ysgol.

"Now salute the national flag!" gwaeddodd Mr Barnwell.

'Dan ni i gyd yn dal llaw at ein talcen, fel y dysgwyd ni.

"Now march back to the school," gwaeddodd y Capten, gan glicio'i fysedd i'n cadw ar amseriad milwrol. Cefnau a breichiau sythion, brestiau allan, pennau i fyny.

"This village has sent men to the British Army to serve in the wars of the Empire in the past," meddai'r Capten ar ôl inni ddychwelyd at ein desgiau. "It will be proud to so in the future when you, a new generation, will be needed to fill in the ranks in the battles to come so that our Empire may remain strong and powerful. When was the Battle of Waterloo?"

'Dan ni'n cyd-adrodd:

"18th June 1815."

"When was the Charge of the Light Brigade during the Battle of Balaclava?"

"25th October 1854."

"When was the Battle of Rorke's Drift during the Anglo-Zulu War?"

"22nd January 1879."

"Excellent work, Mr Barnwell!"

Y bore canlynol, daeth y ficer Refrynd Powell i'n gweld yn yr ysgol. Ar ôl iddo ein harwain drwy'r gweddïau, dyma fo'n mynd â ni drwy'r "Eibilîf" sy'n gorffen gyda:

"My duty towards my neighbour is to love him as myself ... to do unto all men as I would they should do unto me ... to honour and obey the King ..."

Tra ydym i gyd ar ein traed, mae'n gofyn i ni adrodd y 'Ten Commandments', ac i ffwrdd â ni:

"Thou shalt have no other Gods before me ...
Thou shalt not make unto thee any graven image ...
Thou shalt not take the name of the Lord thy God in vain ...
Remember the Sabbath day ..."

Fedra i ddim peidio â meddwl am yr ysgol Sul pan dwi'n cyrraedd y gorchymyn hwnnw. Dwi'n edrych ar Miss Elen o flaen ei disgyblion. Dwi wedi gadael ei dosbarth hi yn Ysgol y Llan erbyn hyn ond dwi'n dal yn ei dosbarth hi yn yr ysgol Sul. Yn fan'no, mae hi'n dweud straeon, yn canu, yn dysgu adnodau inni. Mae hi'n gwenu ac yn chwerthin pan mae hi'n Elen Jones. Does dim gwên ar ei wyneb hi pan mae hi'n Miss Elen.

Bore Gwener, mae'r prifathro yn uno'r ddau ddosbarth hynaf ac yn ein drilio ar rai o'r atebion pwysicaf yr ydym yn eu dysgu yn yr ysgol.

"Let's start with Geography," meddai, gan saethu'r cwestiwn cynta atom. "Why is the naval port of Gibraltar so important to the British fleet?"

Rydym i gyd yn eistedd yn gefnsyth yn ein desgiau ac yn geirio gyda'n gilydd:

"It controls the gateway to the Mediterranean Sea."

"What is the name of the capital of British Guiana?"

"Georgetown."

"Who discovered the Victoria Falls on the Zambezi River in Darkest Africa?"

"David Livingstone in 1855."

Ar ôl amser chwarae, mae'r prifathro'n cyhoeddi:

"We will now turn our attention to 'The World of Nature'. In which colony are habitats of the unique animals platypus, koala and dingo?"

"Australia."

"How many rubber trees does one plantation worker tap every day in the forests of Congo?"

"Four hundred and forty."

"What crops are grown in the British territories of Ceylon?"

"Tea."

"Jamaica?"

"Sugar."

"West Africa?"

Cocoa."

"And what do we know about Oporto?"

"Oporto is an important port in Portugal exporting port wine."

Wrth groesi'r bompren ar ôl y gloch bnawn Gwener, rydym yn teimlo ein bod wedi cael storm o wythnos gyda chawodydd o ffeithiau'n cael eu taflu atom. Mae'n rhaid bod rhyw arholiad neu brawf ar y gorwel. Ond dyma hi'n bnawn Gwener eto, ac mae'n braf croesi'r bompren o'r diwedd.

"Lle wyt ti wedi bod?" meddai Eifiona yn gyffrous. "Hel dy draed, mae yna griw yma ac yli – mae Sioned Tŷ Du wedi dod â'i thelyn efo hi!"

Mae hi'n bnawn braf o Fedi ac mae rhyw liw melyn ar y wlad.

"Dowch rŵan, yr hen blant," meddai Sioned. "Mae'n ddigon sych ichi eistedd ar y waliau yma o flaen y bythynnod ac ar hyd y glaswellt yn fan'ma. Un o hen delynau'r Cymry ydi hon, ylwch. Gwrandewch ar ei sŵn hi."

Gyda dŵr afon Collen y tu ôl inni, mae Sioned yn bwrw

iddi i dynnu cerddoriaeth felys o dannau'r delyn. Mae'n canu ceinciau, yn dysgu enwau gwahanol rannau'r delyn inni, yn sôn am hen delynorion ac yn canu penillion.

"Glywsoch chi am William Owen Pencraig, yr hen blant?" Mae Sioned yn gorffwyso'i thelyn am ennyd ac yn adrodd yr hanes. "Telynor yn byw uwchben Betws-y-coed oedd o, ac roedd o wedi cyfansoddi alaw i'w wraig. Ond mi fu raid iddo fynd i ffwrdd i ryfel yn Ffrainc am fod brenin Lloegr wedi ffraeo efo rhywun. Aeth blynyddoedd heibio, a dim sôn am William Owen. Pawb yn meddwl ei fod wedi'i ladd. Roedd ei wraig yn meddwl ei bod yn weddw ac ymhen amser dyma hi'n penderfynu priodi eto. Ddiwrnod cyn y briodas, daeth cardotyn heibio a rhoi cnoc ar ddrws Pencraig. Dweud ei fod wedi clywed bod priodas yno drannoeth a'i fod yn cynnig ei wasanaeth fel telynor.

'Dacw'r hen delyn fy niweddar ŵr yn y gornel yn fan'cw,' meddai'r weddw. 'Mi fyddai'n braf ei chlywed hi yn y briodas fory.'

Aeth y cardotyn at y delyn a dechrau canu alaw arni. Dyma'r wraig yn ei hadnabod fel alaw ei gŵr iddi hi.

'Wil,' meddai drwy'i dagrau. 'Ti yn dy ôl!'

A dyma hi alaw William Owen Pencraig ichi ..."

Pennod 3

Y dydd Mawrth canlynol, roeddwn newydd orffen bwydo'r moch ac yn newid fy nghôt fuarth am fy nghôt ysgol yn y sgubor pan welais ŵr tal, penwyn yn brasgamu ar hyd ffordd y rhosydd o gyfeiriad y Wenlli. Dyn diarth i mi, ac eto roeddwn wedi'i weld o'r blaen.

Cyrhaeddais giât y ffordd yr un pryd ag yntau.

"Bore da," cyfarchodd y gŵr fi. "Wyt ti'n mynd i'r un cyfeiriad â fi, tybed? Am bentre Llangernyw?"

"Ydw," atebais. "A wiw imi dindroi chwaith – mae hi'n ddrwg arnon ni os ydan ni'n hwyr yn cyrraedd ein rhesi."

"Mi gerddwn gyda'n gilydd," meddai. "A dwi'n gaddo na wna i dy ddal di'n ôl. Dwed i mi pa fryniau ydi'r rhai acw ar y dde inni rŵan?"

"Mynydd Moelogan ydi hwn'na gyda'r grug ar ei gopa," atebais, "ac wedyn mae ganddoch chi Ffrith Uchaf, Moel Derwydd yn y pellter, Bryn Euryn, Moel Goch ac yr ochr draw i'r llan wedyn mi welwch chi Moel Unben a Tre-pys-llygod."

"Go dda chdi'r llanc," meddai'r gŵr diarth. "Faint ydi dy oed di rŵan?"

"Mi fydda i'n un ar ddeg ddechrau'r flwyddyn nesa," atebais, gan ychwanegu cwestiwn fy hun at y sgwrs. "Cerdded mynyddoedd ydach chi?"

"Na, er 'mod i'n hoff iawn o wneud hynny hefyd, cofia. Na, dod i weld sut gnwd sy'n y plwy yma yr ydw i. Mae hi'n fis Medi – mae'n bwysig bod pethe'n dwyn ffrwyth, yn tydi?"

"O, mae hi wedi bod yn dymor di-fai, wyddoch chi. Mae Dad yn was ffarm yn Llwyn Du yr ochr isa i'r ffordd yma yn ôl draw acw. Mae hi wedi gwneud ha' bach codi tatws da iawn, medda fo."

"Ardderchog," meddai'r dieithryn.

"Ym mha blwyfi dach chi wedi bod ynddyn nhw yn barod, 'ta?"

"Roeddwn i ym mhlwyf Llanddoged ddoe. Ddois i ar y trên i Lanrwst, ac roeddwn i'n aros gyda chyfeillion ar fferm Foel Gadeiriau neithiwr."

"O, wn i amdanyn nhw'n iawn," meddwn innau. "Oedd yna datws go dda yn Llanddoged 'ta?"

"Cnwd digon da fyth, ond bod angen mwy o wrtaith."

"Does dim byd yn well na llwyth o dail, yn nag oes?" meddwn innau. "Tail moch fyddwn ni'n ei ddefnyddio yn yr ardd acw. Ei adael am flwyddyn i bydru'n iawn ac mae'r llysiau acw'n werth eu gweld. Ond mi wnaeth hi dipyn o wynt dros y Sul diwetha ac mae'n afalau ni wedi disgyn yn garped coch a melyn yn y berllan fach. Mi fydd yn rhaid i ni eu hel nhw heno neu fyddan nhw'n ddim gwell na bwyd moch."

"Ie, un drwg ydi Morys y gwynt," meddai'r dieithryn.

"Morys y gwynt ac Ifan y glaw,
Chwythodd fy nghap i ganol y baw!" meddwn innau.

"Da iawn ti am gofio'r rhigwm yna. Be ydi dy enw di?"

Dywedais fy enw wrtho a sut roeddwn i'n cael fy ngalw wrth enwau gwahanol mewn gwahanol lefydd.

"Rowbyt Elis Jowns yn yr ysgol, ie?" sylwodd y cerddwr. "Ydi'n iawn i mi dy alw'n Bob, yr un fath â dy deulu a dy ffrindie?"

"Ydi siŵr, can croeso ichi."

"Dweud i mi Bob, wyt ti'n hoffi enwau lleol a rhigymau ac ati?"

"Nain Beic sy'n berwi fy mhen i efo pethau felly. Dach chi newydd gerdded heibio ei thŷ hi cyn ichi gyrraedd acw."

"O! Yr hen wraig honno oedd o flaen y tŷ oedd dy nain felly? Mi ddwedais i 'Mae hi'n heulog heddiw' wrthi ac mi ddwedodd hithau 'Haul cyn deg, glaw cyn deuddeg' wrtha i."

"Ia, mae hon'na'n swnio fel Nain Beic i mi," atebais.

"Oes gen ti chwaneg o'i phethe hi?"

"Wel, mae hi'n hoffi gofyn cwestiynau gwirion."

"Fel be?"

"Be welwch chi unwaith ymhob dydd ond eto dim ond dwywaith mewn blwyddyn?"

"Wn i ddim wir."

"Y llythyren 'Y'!"

"O, da iawn. Oes gen ti un arall?"

"Pryd y bydd dyn dros ei ben mewn dyled?"

"Pryd felly?"

"Pan fydd o'n gwisgo cap a heb dalu amdano!"

"Un glyfar ydi dy nain."

"Mae hi'n dda am eu cofio nhw. Ond yn *Cymru'r Plant* y bydd hi'n cael gafael arnyn nhw, wyddoch chi."

"Ti erioed yn deud! Ydi hi'n darllen cylchgrawn y plant, felly?"

"Wel ydi, ei ddarllen er ein mwyn ni, yndê. Dwi wedi cael straeon o'r rheiny ganddi ers pan dwi'n ddim o beth. Mae hi'n ei gael bob mis yn ffair Llanrwst ac mae hi wedi cadw pob un o'r dechrau."

"Wel wir, mae hi'n ddarllenwraig fawr, felly."

"'Dan ninnau wedi dysgu'u darllen nhw hefyd. Fydda i'n cael benthyg un ar y tro i ddod adra efo fi. Ond cha i mo'r nesa nes bydda i'n mynd â'r llall yn ei ôl."

"A be fyddi di'n ei fwynhau fwya ynddyn nhw?"

"Hanes Cymru. Y penillion a'r rhigymau odli. A'r pethau bach digri. O ia, a byd natur – mae'r darnau am yr adar a'r creaduriaid yn ddifyr iawn."

"Wyt ti'n cofio un ohonyn nhw?"

"Wel, mae'r bennod am y llwynog yn un dda. Dwi'n gweld dipyn o lwynogod yn dod allan o'r coed 'ma. Coed Twlc oedd y rhai ucha a 'dan ni wrth Goed Rhan-hir rŵan. Yr hyn wnaeth fy nharo i oedd y ffaith fod yna'r un faint o lwynogod yn byw o'n cwmpas ni rŵan ag erioed, er gwaetha'r holl hela sy arno fo. Mae o'n perthyn i'r tir rywsut, yn rhan naturiol o fywyd yma. A dyna ichi beth arall – mae o'n beniog. Dydi o byth yn lladd yn lle mae o'n byw. Mae o'n cerdded ymhell i ddwyn ei damaid. Mae o'n debycach o gael llonydd wedyn."

"Yr hen lwynog wedi gwneud dipyn o argraff arnat ti, faswn i'n ei ddeud."

"Mae'n hawdd dysgu am bethau sydd o'n cwmpas ni bob dydd, yn tydi? Dwi'n darllen am y bioden ac am y frân yn *Cymru'r Plant*, wedyn pan fydda i'n eu gweld nhw ar y ffordd i'r llan, dwi'n cofio be ddarllenais i."

"Fyddi di'n cael y pethe yma yn Ysgol y Llan hefyd?"

"Na, ond mae yna rai yn y llan sy'n deall natur yn dda iawn hefyd. Dyma ichi be ddwedodd Mac wrtha i 'chydig yn ôl – 'Rhaid iti fod yn ddewr i ddal blaidd ond rhaid iti fod yn gyfrwys i ddal llwynog'. Mae hwn'na yn un da, yn tydi?"

"A phwy ydi Mac?"

"Donald MacDonald – mae'n gipar ar stad Hafodunnos. Ond dyn o ynysoedd yr Alban ydi o."

"Ac yn Saesneg mae o'n deud y pethe yma wrthat ti?"

"O na, mae o'n medru Cymraeg bob gair erbyn hyn. Mae o wedi dod yn dipyn o ffrindiau efo Nain Beic hefyd. Roedd Nain Beic yn tynnu'i goes o ei fod o bob amser yn gwisgo'r hen gôt ddrewllyd yna ac yn cario gwn wedi'i blygu. A wyddoch chi be oedd ei ateb o? 'Tydi cath sy'n gwisgo menyg byth yn dal llygod.' Dywediadau o'r Alban ydi'r rhain, petha mae o wedi'u dod efo fo, dwi'n siŵr. Ond dwi'n eu gweld nhw'n rhai da yn Gymraeg hefyd."

Erbyn hyn, mae eglwys y llan yn y golwg a dwi'n sôn am yr hen ywen wrth y dieithryn, ei bod hi'n werth iddo fynd i'w gweld hi gan fod Dad yn dweud ei bod hi dros bedair mil o flynyddoedd oed. Ar hynny, dwi'n clywed cloch galw'r rhesi ar fuarth yr ysgol.

"Daria unwaith. Dwi'n hwyr," meddwn i. "Mae'n rhaid i mi redeg lawr y ffordd drol yma, heibio'r capel neu mi fyddan yn y dosbarth ac mi fydda inna'n ei chael hi."

I ffwrdd â mi gan ei adael ar y ffordd fawr heb ffarwelio'n iawn.

Roedd y rhes olaf o'r bechgyn yn diflannu i mewn drwy'r porth i'r ysgol pan gyrhaeddaf giât y buarth. Rhedeg a chyrraedd y dosbarth a 'ngwynt yn fy nwrn, ond yn rhy hwyr. Roedd Mr Barnwell yno yn edrych arna i fel eryr.

"School starts at nine, boy. You are late. Punctuality is

everything. A three mile walk to school is no excuse. David Livingstone walked through the jungles of darkest Africa for six years. Come here, boy."

Mae llaw dde'r prifathro yn ymestyn am y silff gansenni ar ei ddesg wrth imi gerdded i flaen y dosbarth. Ar hynny dwi'n clywed llais o'r porth y tu ôl imi.

"Bore da, Mr Barnwell!"

Gwelaf y prifathro yn rhythu dros fy ysgwydd tuag at y drws, a'i law wedi oedi cyn cydio mewn cansen. Trof innau i edrych at y drws, fel y gwna pawb arall yn yr ysgol. Chlywyd y geiriau Cymraeg hynny erioed yn y dosbarth hwn o'r blaen.

Roeddwn wedi adnabod y llais, wrth gwrs. Y brasgamwr penwyn oedd wedi cydgerdded gyda mi o ffordd y rhosydd oedd perchennog y llais. Daeth ymlaen at ddesg y prifathro gan dynnu papur o'i boced a'i roi i Mr Barnwell.

"Rwyf wedi dod yma i weld ffrwyth gwaith yr ysgol," meddai, gan roi rhyw hanner gwên slei arnaf innau. "Oni bai bod Bob Jones fan hyn wedi fy achub ar y rhosydd acw, fyddwn i byth wedi cyrraedd mewn pryd, os o gwbwl."

"Go and sit at your desk, boy," meddai Mr Barnwell wrtha i o dan ei wynt.

"Ewch chi ymlaen gyda'ch cofrestrau a dilynwch eich trefn arferol ac mi gaf innau gip ar lyfrau ysgrifennu'r plant," meddai'r dieithryn, a oedd bellach yn amlwg yno i arolygu'r ysgol ar gyfer Bwrdd Addysg Cymru. Dyna pam ein bod wedi cael ein hyfforddi mor llym yr wythnos flaenorol.

"Lle mae'r llyfrau ysgrifennu Cymraeg?" holodd yr arolygydd ar ôl inni orffen ein paderau.

"There are no Welsh lessons in this school," atebodd y prifathro.

"Rydych chi'n gwneud cam mawr â'r plant," meddai'r arolygydd. "Bydd angen Cymraeg arnynt i wasanaethu Cymru a'i phobl."

"English is the language of the world," oedd ateb Mr Barnwell.

"Gadewch imi glywed am faes llafur daearyddiaeth y plant," meddai'r arolygydd.

"Geography? Right. What are the names of the peaks of the Pennine Chain, the backbone of England, starting in the north?"

Rydym ninnau i gyd yn llafarganu,

'Scafell, Bowfell, Whernside, Ingleborough, Penyghent and the Peak,' gan orffen gyda rhyw wawch fain ar nodyn uwch na'r gweddill.

"Beth yw enw'r bryn fasech chi'n ei weld drwy'r ffenest acw petai hi'n ddigon isel at y llawr inni weld drwyddi?" holodd fy ffrind penwyn.

"That's why the window is that high," meddai'r prifathro yn sur. "It's a waste of time looking out on this place."

Mae llaw Eifiona yn yr awyr.

"Tre-pys-llygod, syr," meddai. "'Dan ni wedi clywed y stori amdano."

"O, da iawn. Yma yn yr ysgol glywsoch chi'r stori?"

"Na," meddai Eifiona gan hanner troi ata i. "Gan Bob."

"Beth am hanes Cymru?" gofynnodd yr arolygydd i'r prifathro.

"Give me the dates of the reign of Queen Victoria ..."

"Na, na – hanes Cymru ddywedais i."

"Ond Queen Victoria, roedd fe'n Queen ar Cymru hefyd," meddai Mr Barnwell. Mr Barnwell yn siarad Cymraeg! Mae'r ysgol i gyd yn gegagored. Wyddai neb erioed fod y prifathro hyd yn oed yn medru gair ohoni.

"Beth am y llyfrau hanes Cymru sydd wedi cael eu paratoi yn arbennig i ddysgu'r pwnc?" holodd yr arolygydd. "Mae'r Llywodraeth wedi gofyn i blant gael eu dysgu yn ôl y llyfr hwnnw. Aeth copïau ohono i bob ysgol. Mi geisiais ddefnyddio iaith syml ac adrodd y straeon mewn ffordd sy'n apelio at blant, ac i feithrin eu diddordeb."

"Oes, oes," meddai Mr Barnwell gan gerdded at y cwpwrdd mawr brown. "Mae gennym gopïau yma yn rhywle."

Bu'n chwilota yn y cwpwrdd am sbel ac yna bloeddiodd:

"Dyma ti nhw! *Ystraeon o Hanes Cymru* – fe dwedais i fod yma rai ohonoch."

"Rhannwch nhw rhwng y ddau ddosbarth hynaf," meddai'r arolygydd.

Dywedodd y prifathro wrth dri o'r hogiau hynaf i afael yn y pentyrrau a'u dosbarthu. Mae clawr coch fel newydd gan y gyfrol a nifer o luniau diddorol wrth i mi gael cip y tu mewn. Ond mae'r llyfrau'n hollol newydd – dydyn ni ddim wedi'u gweld o'r blaen, heb sôn am eu defnyddio. Edrychaf ar enw'r awdur ar y clawr – Owen M. Edwards, M.A. Y gŵr penwyn, talsyth yma yw'r awdur – ac y fo ydi Owen M. Edwards!

"Trowch i dudalen 16," meddai O. M. Edwards. "Byddwn yn gwrando yn awr ar Mr Barnwell y prifathro yn rhoi gwers i chi ar Gruffudd ap Cynan, brenin y Cymry, yn dianc o garchar Caer ac yn dod yn ôl i'w wlad i ymladd dros ei rhyddid ..."

A chawsom stori ryfeddol o hanes Cymru nad oeddem erioed wedi'i chlywed o'r blaen. Ar ôl ei hadrodd, trodd O. M. Edwards at y prifathro a dweud:

"Mi wnaiff y prifathro ysgrifennu enwau'r prif gymeriadau ar y bwrdd du rŵan."

Dechreuodd Mr Barnwell ysgrifennu gyda'i sialc, 'G R I F F I T ...'

"Na, na Mr Barnwell. Brenin Cymru oedd Gruffudd, felly rydan ni'n ei sillafu yn Gymraeg. Dewch blant, sillafwch 'Gruffudd' imi, fel y gall Mr Barnwell gywiro'r hyn sydd ar y bwrdd du."

Gyda'n gilydd rydan ni'n sillafu 'G R U F F U D D' yn uchel. Mae wyneb Mr Barnwell yn biws erbyn hyn a baswn i'n taeru imi weld mwg yn dod o'i glustiau. Ond nid oedd ganddo ddewis ond i gywiro'r sillafiad ar y bwrdd du.

Pennod 4

Ar ddiwedd y bore cynhyrfus a phleserus hwnnw, Aled a minnau a gafodd y gwaith o gasglu'r llyfrau a'u cario yn ôl i'r cwpwrdd mawr. Roedd y dosbarthiadau'n ddistaw, yn sgwennu nodiadau am y wers a gafwyd – yn Gymraeg – yn eu llyfrau. O amgylch desg y prifathro, roedd O. M. Edwards yn traethu wrth yr athrawon. Roedd yn ymddangos i mi eu bod hwythau'n cael gwers yn ogystal.

Roedd lle i roi'r llyfrau ar flaen y silff ganol yn y cwpwrdd. Dyma le amlwg a da i'w cadw, meddwn wrthyf fy hun, yn y gobaith y cawn eu defnyddio eto'n fuan. Wrth ddal y drws i Aled osod ei lwyth, sylwais ar ddarnau o bren ar gortyn ar gefn y drws. Y Welsh Not! Roedd un mawr gyda'r llythrennau 'W.N.' arno ac un bychan, pigfain. Rhoddais bwniad i Aled a nodio atynt. Roedd y ddau ohonom yn cofio cael y rhain am ein gyddfau.

Ar amrantiad, heb feddwl mwy am y peth, codais yr un mwya oddi ar yr hoelen ar gefn y drws a'u stwffio i mewn i boced ddofn fy nhrowsus.

Dyma Aled yn fy nefnyddio fel cysgod ac yn bachu'r llall a'i roi yn ei boced ei hun.

"Y Bont Faen, ar ôl ysgol heno," sibrydodd yn fy nghlust.

Pan ddaeth hi'n amser i Owen Edwards ffarwelio â'r ysgol, athrawon digon tawedog oedd o'n blaenau weddill y pnawn.

Ar drawiad y gloch olaf, dyma Aled a finnau'n rhoi gwib am y drws a'r porth ac yna ar draws y buarth, gan obeithio na fyddai neb yn sylwi ar ein pocedi llawnion. Dros y bompren, ond yn hytrach na dilyn y ffordd drol am y ffordd fawr, troi i'r chwith ac am ddolydd Tŷ Du, dros bompren arall ac at y ffordd isaf, nes oeddem yn pwyso ar ganllaw'r Bont Faen. Gyda'n cefnau at yr ysgol a'r llan, roeddem yn edrych ar ddŵr afon Elwy yn llifo ymlaen o'r bont, rhwng y dolydd ar ei thaith i gyfeiriad y glannau a'r môr.

Dwi'n troi at Aled. "Oes 'na ddigon o li yn yr afon yma, ti'n meddwl? Dwi ddim eisiau i'r pren fynd yn sownd mewn rhyw garreg neu frigyn a rhywun yn dod â fo'n ôl i'r ysgol!"

"Beth am dorri'r cortyn i ffwrdd?" cynigiodd Aled. "Mi fyddai'n llai tebygol o fachu yn y dorlan wedyn."

"Syniad da."

Gan ddefnyddio ymylon cerrig canllaw'r bont, dwi'n rhwbio'r cortyn yn ôl ac ymlaen yn gyflym nes ei dreulio'n dwll. Dyna'r cortyn yn rhydd ac yn yr afon. Dwi'n teimlo bod angen dweud rhywbeth gan ei bod hi'n angladd y Welsh Not:

"Yr hen hel clecs a'r pwyntio bys,
Y gansen a'r cwbwl lot:
Mi gân nhw fynd efo dŵr y lli –
Dwi'n rhydd o'r hen Welsh Not!"

A thaflaf y pren i ganol afon Elwy.

Mae'r ddau ohonom yn hollol fud am ddau neu dri munud wrth ei wylio'n pellhau ac yna'n diflannu o amgylch tro yn yr afon.

"Mae o wedi mynd!" meddai Aled.

"Mynd maen nhw i gyd," meddwn innau. "Roedd Jac yn deud bod yna athro ym Mangor wedi stwffio un yr ysgol honno rhwng styllod y llawr, o olwg y byd am byth."

Tynnodd Aled y pren llai ar y cortyn o'i boced ei hun. Edrychodd arno'n hir.

"Wyddost ti be, Bob? Dwi awydd cadw hwn. Hen beth hyll ydi o ac mae'r hyn oedd y tu ôl iddo fo yn hyllach na hynny, hyd yn oed. Ond wyddost ti be ddwedodd yr Owen Edwards 'na am hanes – fod olion hanes yn fyw o'n cwmpas lle bynnag 'dan ni'n edrych yng Nghymru?"

"Ia, wn i. Mae hanes yma yn yr ogofâu, yn y cestyll, yn yr eglwys ac yn ein hiaith ni, hyd yn oed. Mae pob enw lle'n llawn o hanes, yn tydi?"

"Ydi – ond mae yna hanes yn yr hen bren hyll yma hefyd, yn does?"

"Dwi'n siŵr dy fod di'n iawn. Cyn belled mai perthyn i hanes mae o bellach, na fydd o byth bythoedd yn digwydd i neb eto, yndê?"

"Rhag iddo ddigwydd eto, mae'n rhaid inni gadw'r hanes hwn yn fyw hefyd. Rhaid i bobol fory wbod be oedd yn digwydd ddoe. Dwi am gadw hwn, Bob."

"Be wnei di efo fo?"

"Peidio â chael fy nal efo fo tra bydda i yn Ysgol y Llan, yn un peth!" chwarddodd Aled. "Wyddost ti byth, ella fydd yna gasgliad o hen bethau yn y pentre yma ryw dro. Mi geith ei ddangos mewn lle felly fel bod y stori yn cael ei deud wrth blant y dyfodol."

"Mae eisiau inni wbod ein hanes, Aled," meddwn innau. "Mae Owen Edwards yn pwysleisio hynny bob amser."

Ar brynhawn Gwener rhyw fis yn ddiweddarach, mae Buarth y Bompren yn orlawn ar ôl i gloch yr ysgol ganu. Rydan ni'n dechrau'r cyfarfod drwy ganu'r 'Mochyn Du'. Mae Gwyn yn darllen casgliad o hen hwiangerddi o gyfrol O. M. Edwards inni wedyn.

"A rŵan, mi gawn ni ddechrau ar ein steddfod," meddwn i. "Dim ond gobeithio y gwnaiff y tywydd yma ddal. Mae 'na hen gymylau duon uwchben yr ysgol."

Sioned Tŷ Du sy'n beirniadu'r canu hen gân Gymreig a dyna gawn ni i ddechrau – dau oedran gwahanol gydag Eifiona yn curo ar un a Beryl ar y llall.

Mrs Roberts Gweinidog sy'n beirniadu'r adrodd penillion a'r gystadleuaeth sgwennu ysgrif am unrhyw greadur o fyd natur. Dwi'n ennill honno gyda'r darn dwi wedi'i sgwennu am fynyddoedd Eryri yn y gaeaf.

"Mae gwobr ychwanegol i'r ysgrif hon," meddai Mrs Roberts wedyn. "Dwi wedi'i chynnig i Owen Edwards a dwi newydd gael llythyr ganddo yn deud y bydd yn falch o gael ei chyhoeddi yn *Cymru'r Plant* y mis nesa!"

Ben Lloyd y garddwr sy'n beirniadu'r 'eitem wedi'i naddu â chyllell boced' ac wedyn mi ddaw Dei Coch a Mac ymlaen i feirniadu'r gystadleuaeth tair carreg.

"Dyn waliau cerrig ydw i," meddai Dei Coch, "a dwi'n gwbod bod gan bob carreg ei lle yn y wal. Waeth ichi heb na thrio codi wal efo dim ond cerrig mawrion, na chwaith dim ond efo cerrig bychain. Mae Mac yn deud bod cerrig 'run fath â phobol ..."

"Da iawn, Dei Coch!" gwaeddodd Mac wrth ei ochr. "Y rhai bach sy'n dal y rhai mawr yn eu lle."

"Mae gan bob carreg ei siâp, ei maint a'i phwysau ei hun," aeth Dei yn ei flaen yn bwyllog. "Maen rhaid ichi barchu pob carreg am yr hyn ydi hi. Wyddoch chi fod yna bedair ffordd ar hugain o osod unrhyw garreg mewn wal? Ylwch, mi fedra i ddangos ichi efo'r garreg yna sy'n rhydd yn y wal acw fan'cw ..."

"Dim amser, Dei Coch!" gwaeddodd Mac. "Rhaid ti frysio. Glaw yn dod."

"Mae un wedi rhoi carreg hir ar ddwy garreg fach – 'Y Bompren' ydi'r teitl. Da iawn. Un arall wedi rhoi tair carreg sy'n ffitio i'w gilydd ar bennau ei gilydd – 'Dyn Eira'. Mae ganddon ni 'Ben Mochyn' a 'Hwyaden' – welwch chi nhw?" Roedd Dei Coch wedi gosod y cerrig ar hyd y clawdd. "Ond hwn ydi'r gorau gen i – carreg fawr gron yn y gwaelod, carreg lai gron ar ei phen a charreg fach ar ei thrwyn – 'Y Tecell'! Hwn sy'n cael y wobr."

Aled aeth â hi, ac ar hynny mae'r glaw yn dechrau disgyn yn fras.

"Dim ond Darllen Stori dan ofal Nain Beic ac Ymryson y Beirdd dan ofal Cledwyn Saer sy ar ôl," meddwn i. "Be wnawn ni rŵan?"

"Pawb i gwt yr hers. Mae'r goriad gen i," meddai Cledwyn.

Rhedodd pawb yn ôl dros y bompren, heibio'r ysgol ac i fyny'r llwybr at gwt yr hers. Lle tywyll yn llawn o arfau'r fynwent, trol, berfa – a'r hers, wrth gwrs – ydi hwnnw. Ond mae'n well na bod allan yn y glaw.

Gwyneth aeth â hi am Ddarllen Stori. Roedd hi wedi dewis un dda – chwedl Llys Helig am y wlad a aeth o dan y tonnau ym Mae Conwy.

"Roedd yn werth ei chlywed hi'n actio'r gwahanol leisiau er mwyn cymeriadu a chadw sylw'r gynulleidfa," meddai Nain Beic. "Mi ddylet ti ddarllen straeon i'r plant yma yn amlach, Gwyneth!"

"Dyna dwi eisiau ei wneud mewn rhyw flwyddyn neu ddwy," atebodd Gwyneth. "Mynd yn gynorthwy-ydd plant bach a'u helpu nhw i adnabod llythrennau a chael blas ar ddarllen."

"Yn y ddwy iaith," siarsiodd Nain Beic.

"Wrth gwrs," meddai Gwyneth, ac roedd yn braf gweld gwên hyderus ar ei hwyneb. Dwi'n siŵr y bydd hi yn wych am roi plant ar ben y ffordd.

"Mi wnawn ni'ch rhannu chi'n ddau dîm," meddai Cledwyn pan ddaeth hi'n amser inni gael Ymryson y Beirdd i gloi'r gweithgareddau. "Ochr yma'r cwt yn erbyn yr ochr acw – mae'n edrych yn reit deg felly i mi. Y dasg gynta ydi geiriau i odli efo ... HERS!"

"Gwers!" gwaeddodd Aled o'n tîm ni.

"Manners!" gwaeddodd Mac o'r tîm arall.

"Marc bob un!" dyfarnodd Cledwyn. "Y gair nesa ydi ... LLAN!"

"Gwan!" gwaeddodd rhywun.

"Hanner pan!" gan un arall.

"O dan," ddaeth wedyn.

"O fan i fan," ar ôl hynny.

"Marc i bawb. Dwi am roi tasg gorffen pennill ichi. Dwi'n siŵr ei bod hi'n amser te, felly dyma hi'r llinell ichi, 'Rhowch y tecell ar y tân'. Gewch chi weithio fel tîm. Gwaeddwch y pennill pan fydd o'n barod."

Mae hen sibrwd a phwffian chwerthin ar ddwy ochr i'r cwt am ychydig, yna mae Eifiona yn adrodd:

"Rhowch y tecell ar y tân,
 Rhowch y platiau yn eu lle,
 Dewch â'r siwgwr at y bwrdd,
 Mae 'na grempog heddiw i de."

"Gwych iawn, gwych iawn – ac mor sydyn hefyd," meddai Cledwyn. "A beth am y tîm arall?"

Mae hi wedi dod gennym ninnau o'r diwedd. Aled sy'n darllen:

"Rhowch y mochyn yn y twlc,
 Rhowch y babi ar y pot,
 Rhowch faneri ar y polyn
 Wrth ffarwelio â'r Welsh Not!"

Mae gweiddi a churo dwylo drwy gwt yr hers.

"Gwyliwch rhag ofn ichi godi'r meirw efo'ch sŵn!" meddai Cledwyn gyda gwên lydan.

"Be oedd hwn'na?" gofynnodd un o'r bechgyn lleiaf mewn braw.

"Be oedd be?"

"Y peth du yna aeth heibio 'mhen i!"

"O, a heibio 'nghlust innau! Be ydi o?"

Mae pawb yn craffu i dywyllwch nenfwd y cwt hers. Yna,

rydan ni yn ei weld gyda'n gilydd yn pasio golau awyr y drws wrth iddo gylchu'r cwt.

"Ystlum!" gwaeddodd Eifiona a rhuthro am y drws.

"Ystlum! Ystlum!" gwaeddodd amryw o'r lleill.

"Gwyliwch nad aiff o'n sownd yn eich gwallt!" rhybuddiodd Sioned Tŷ Du.

Y tu allan, roeddwn i'n sefyll dan gysgod coeden gydag Aled a Beryl.

"Mi wnes i glywed llais yr ystlum," meddai Beryl. "Llais bach tawel oedd ganddo fo, ond mi wnes i ei glywed."

Epilog

Storiel, Bangor, Mawrth 2018

Mae'r criw wedi cyrraedd yr oriel uchaf yn yr amgueddfa ac yn edrych ar gasgliad o eitemau sy'n adrodd stori'r oes o'r blaen.

"Dyna chi'n cael gweld yn fan'ma pam fod y lle yma ym Mangor wedi'i alw'n 'Storiel'," meddai Mrs Owen yr athrawes. "Mae hi'n oriel, yn dangos creiriau o'r gorffennol i ni, ac y tu ôl i bob un o'r creiriau, mae yna stori."

Daw'r criw i sefyll wrth y casgliad sy'n rhoi darlun o fyd addysg y sir rhyw gan mlynedd a mwy yn ôl.

"Edrychwch ar y llwy bren yn y ffenest yma," meddai Mrs Owen. "Os oedd natur sgwennu â llaw chwith gan blentyn, roedd yn cael ei gosbi drwy ddal y llwy bren acw yn ei law chwith er mwyn ei orfodi i sgwennu â'i law dde!"

"O, am gas!" meddai un o'r disgyblion.

"Roeddan nhw eisiau i bob plentyn fod 'run fath â'i gilydd ers talwm, Mrs Owen?"

"Welwch chi'r darn mawr pren yna gyda thwll ynddo, a'r llythrennau W.N. wedi'u naddu arno?" meddai'r athrawes wedyn. "Dyna i chi enghraifft o bren y Welsh Not y cafwyd o hyd iddo wrth godi lloriau hen ysgol yma ym Mangor."

"Be oedd y Welsh Not, Mrs Owen?"

"Cyn i mi ateb y cwestiwn yna," meddai Mrs Owen, "gadewch i mi ofyn un neu ddau o gwestiynau i chi. Mi ddechreuwn gyda Daearyddiaeth. Be ydi enw'r afon hiraf yng Ngymru? Ia, Glenda?"

"Afon Tywi, Mus."

"Da iawn. Be ydi enw prifddinas yr Alban, lle mae Senedd y wlad erbyn hyn? Colin?"

"Caeredin, Mus."

"Cywir eto. Hanes. Ym mha flwyddyn y pleidleisiodd Cymru i gael hunanlywodraeth? Rhys?"

"1997."

"Gwych. Beth sy'n gyffredin rhwng y Gymraeg, Gaeleg, Gwyddeleg, Llydaweg, Manaweg a Chernyweg? Sara?"

"Maen nhw i gyd yn ieithoedd Celtaidd, Mus."

"Ardderchog eto," meddai Mrs Owen. "Ym mha iaith 'dan ni'n cael ein haddysg heddiw?"

"Wel, yn Gymraeg, debyg iawn!" gwaeddodd Anwen heb drafferthu i godi'i llaw.

"A be ydi'r targed ar gyfer siaradwyr Cymraeg? Siôn?"

"Cael miliwn o siaradwyr erbyn 2050 ..."

"Da iawn, chi i gyd," meddai'r athrawes. "Ond nawr dwi eisiau ichi ddychmygu Cymru wahanol iawn i'n Cymru ni. Mi ddweda i wrthych chi beth oedd yn digwydd yng Nghymru'r Welsh Not ..."

Cydnabyddiaeth

Diolch o galon

- i Vivian Parry Williams, Blaenau Ffestiniog, am gael rhannu ei waith ymchwil i hanes y Welsh Not ym Mhenmachno a Chwm Penmachno
- i Archifdai Siroedd Dinbych, Conwy a Gwynedd am weld llyfrau cofnodi a llyfrau cosb ysgolion Llangernyw, Cwm Penmachno a'r Garth, Bangor
- i Amgueddfa Henry Jones, Llangernyw, am gael gweld Welsh Not yr ysgol yno, a thystiolaeth bellach
- i William Owen, Porthmadog, am ddiogelu hanes 'Jac Dau Drowsus'
- i staff Llyfrgell Prifysgol Bangor er mwyn gweld copïau o *Cymru Fydd* a *Cymru'r Plant*
- i G. Arthur Jones, W. J. Gruffydd, *Cymru* a chyfrolau O.M.E. am wybodaeth a dyfyniadau o waith O. M. Edwards
- i John Dilwyn Williams, Archifdy Gwynedd a Gwerfyl Helen, Storiel, Bangor
- i Meinwen Ruddock-Jones am wybodaeth am hanesion Welsh Not yng nghasgliad Amgueddfa Werin Cymru, Sain Ffagan
- i Ifor Cae Haidd am ei atgofion am Owen Jones yn brifathro Ysgol Nebo, Llanrwst
- i nofel Dori Jones Yang, *The Secret Voice of Gina Zhang*

- i'r gyfrol *Hanes Bro Cernyw* gan Gyngor Cymuned Bro Cernyw, 2001
- i gasgliad Musée de l'École Rurale en Bretagne, Trégarvan
- i Anna George, golygydd llyfrau plant Carreg Gwalch am ei sylwadau ac argymhellion craff, ac i Adran Olygyddol Cyngor Llyfrau Cymru am dwtio'r deipysgrif.

Nodyn gan yr awdur

Bu Robert Ellis Jones yn ddisgybl yn Ysgol y Llan, Llangernyw, o 1912–1920. Tra oedd yno, meddai yn ei eiriau ei hun, "yr oedd Ysgol Llangernyw gryn dipyn ar ôl yr oes ...Yr oedd yr iaith Gymraeg yn gwbl waharddedig – nid yn unig yn yr ysgol ond yn y buarth chwarae hefyd". Doedd pren y Welsh Not ddim yn cael ei grogi am yddfau plant erbyn hynny, ond cosbid plentyn a siaradai Gymraeg drwy "slap â'r gansen ar ei law, neu'n fwy tebyg, ar ei ddwy law. Ac nid rhyw gogio-bach o slap oedd hi, ond un go iawn, yn brathu o ddifrif". Gan mlynedd yn ôl, felly, roedd hyn yn dal i ddigwydd mewn ysgolion yng Nghymru. Y fo ydi'r ysbrydoliaeth i gymeriad Bob yn y nofel hon.

Copi o'r Welsh Not yn yr amgueddfa yn Llanystumdwy

Owen M. Edwards, Prif Arolygydd Ysgolion Cymru a chyfeiriad at y Welsh Not ar glawr Cymru'r Plant *1934*

Wrth ddarllen hen lyfrau cofnodion yr ysgolion, mae'r arfer o gosbi plant am siarad Cymraeg yn un cyffredin. Lewis Richards oedd prifathro Ysgol Cwm Penmachno yn 1871 a dyma'r hyn a gofnododd ar 4 Medi:

> "Find great difficulty in getting the children to attempt to speak English. This week I introduced the old system of 'Welsh sticks' which seems to answer the purpose."

Diben yr addysg a gawsent, meddai Robert Ellis Jones, oedd eu troi i fod yn Saeson i chwarae eu rhan dros yr Ymerodraeth Brydeinig. Y bwriad, meddai, oedd "nid yn unig i'n Seisnigo o ran iaith ond ein Prydeinio o ran teimlad".

*Owen Jones (Now y nofel hon) pan oedd yn brifathro
ar Ysgol Nebo, Llanrwst, tua 1958*

Roedd rhoi lle i'r Gymraeg, i farddoniaeth a rhigymau
Cymraeg, i hanes lleol a chwedlau Cymreig, hanes Cymru ac
enwi mynyddoedd Cymru, yn mynd yn groes i'r drefn hon. Nid
yn unig roedd yn rhaid cael gwared ar y Gymraeg, roedd yn
rhaid dileu enwau lleoedd ac unrhyw hanes oedd yn gwneud ein
plant yn wahanol i blant Lloegr.

Roedd hyn yn digwydd mewn llawer o wledydd bychain
oedd dan fawd gwledydd mwy yn y cyfnod hwnnw. Yn Llydaw,
roedd plant yn cael "y fuwch bren" am eu gyddfau os caent eu
dal yn siarad Llydaweg – clocsen bren neu gragen o'r môr oedd
honno. Yn yr Alban, roedd plant Gaeleg yn gorfod gwisgo pen
llwynog, fel sy'n cael eu nodi yn y nofel. Yn America, roedd plant
y brodorion yn cael sebon yn eu cegau os byddent yn siarad
"hen iaith fudur eu hynafiaid". Cansen neu gweir ar ddiwedd y
dydd oedd hi wedyn.

Allwn ni ddim ond dychmygu beth oedd effaith hyn ar y plant. Doedd hi ddim yn arferol yn yr oes honno i roi lle i deimladau plant nac i gofnodi eu barn ar ddim byd. Dysgu fel poli parots oedd dyletswydd plentyn, a pheidio bod yn niwsans i'r drefn oedd yn eu rheoli. Ond mae atgofion ambell nain a thad-cu wedi'u cofnodi – wnaeth un tad-cu yn ardal Llanelli fyth siarad gair arall o Gymraeg ar ôl cael y Welsh Not yn ei ysgol gynradd. Roedd eraill yn gwrthryfela ac yn benderfynol o newid y drefn. Un o'r rheini oedd Owen M. Edwards o Lanuwchllyn y mae dipyn o'i hanes yn y nofel hon.

Pwy a ŵyr beth oedd y creithiau meddyliol a adawyd ar rai o'r plant. Darllenais dipyn am 'fudandod detholedig' wrth baratoi'r stori hon – mae'r geiriau'n disgrifio'r cyflwr sy'n taro rhai plant o fethu ag yngan gair o'u pennau mewn rhai amgylchiadau. Fel arfer, rhyw bwysau meddyliol mawr sy'n

Dosbarth Robert Ellis Jones (Bob y nofel hon) pan oedd yn brifathro Ysgol Cwm Penmachno, 1950

achosi hyn – colli mam neu dad, symud tŷ, dechrau ysgol newydd, cael eich boddi mewn iaith newydd. Byddai'n hawdd iawn credu bod y cyflwr hwn yn gyffredin yn ysgolion y Welsh Not a bod hynny wedi effeithio'n ddifrifol ar y plant.

Roeddwn i'n adnabod Robert Ellis Jones ar ôl iddo ymddeol i fyw yn Llanrwst – gŵr ffraeth, gweithgar, yn arweinydd naturiol mewn nosweithiau cymdeithasol a Chymro i'r carn. Roedd yn englynwr crefftus, wedi ennill yn yr Eisteddfod Genedlaethol ac yn amlwg drwy Gymru fel un o ddoniau mawr Ymryson y Beirdd. Ei weld yn arwain ymryson lleol yn 1970 wnaeth wneud i mi ddysgu'r cynganeddion. Ef oedd fy Meuryn cyntaf pan ddechreuais ymryson fy hun.

Yn 1943, ychydig dros ugain mlynedd ar ôl cael ei gosbi am siarad Cymraeg yn Ysgol Llangernyw, daeth R. E. Jones (fel yr oedd yn cael ei adnabod bellach) yn brifathro Ysgol Cwm Penmachno. Rwyf wedi darllen y Llyfr Cofnodion a gadwodd bryd hynny. Mae'r cyfan wedi'i sgwennu yn Gymraeg. Un o'r pethau cyntaf a wnaeth yno oedd cynnal Cyngerdd Gŵyl Dewi, gydag un o'r bechgyn hynaf yn arwain a 25 o eitemau gan y plant, a'r cyfan yn Gymraeg, gan ddiweddu drwy gydganu 'Hen Wlad fy Nhadau'.

Dyna ichi chwyldro ym myd addysg mewn cyfnod mor fyr! Aeth ei frodyr J. T. Jones (Jac) ac Owen Jones (Now) yn brifathrawon hefyd, ac yr oeddent hwythau yr un mor Gymreig a gofalus wrth gyflwyno addysg i'r plant. Arhosodd Ifan a'r chwiorydd i weithio yn yr ardal – eu cyflogau hwy fu'n gymorth i'r teulu tlawd roi addysg golegol i'r tri arall.

Mae esgyrn y stori sydd yn y nofel hon yn wir felly, ond dychmygol ydi'r salwch mudandod a'r mân straeon sydd ynddi.

Mae hanes pobl y plas, y prifathro a'r ficer eto'n seiliedig ar hynny o ffeithiau sydd ar gael, gyda'r dychymyg yn llenwi'r bylchau. Er mwyn hwylustod trefn hanesyddol, mae Bob yn dechrau yn yr ysgol yn 1904 (nid yn 1912 fel y gwnaeth go iawn) ac mae'n gwneud hynny (mae hyn eto'n gwyro oddi wrth y ffeithiau) yn wyth oed yn dilyn blynyddoedd o salwch.

Mae'r hanes am ddarganfod pren 'Welsh Not' yn Ysgol y Garth, Bangor, yn wir. Ond fedra i ddim dweud ai Samson oedd enw'r adeiladydd chwaith! Cafodd y pren hwnnw ei gyflwyno gan weddw Lewis Davies Jones (Llew Tegid), prifathro'r ysgol 1875–1902, i Amgueddfa Bangor yn 1937. Mae'r pren bellach yn cael ei arddangos yng nghanolfan Storiel yn y ddinas. Mae Welsh Not bychan wedi ei gadw yn Llangernyw hefyd, ac mae hwnnw'n cael ei arddangos yn Amgueddfa Henry Jones yn y pentref.

Nofelau â blas hanes arnyn nhw

Straeon cyffrous a theimladwy wedi'u seilio ar ddigwyddiadau allweddol

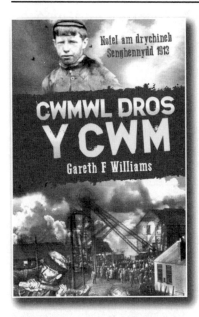

Enillydd Gwobr Tir na-nOg 2014

CWMWL DROS Y CWM
Gareth F. Williams

Nofel am drychineb Senghennydd 1913

Gwasg Carreg Gwalch
£5.99

Ychydig cyn 8.30 y bore ar 14 Hydref 1913, bu farw 439 o ddynion a bechgyn mewn ffrwydrad ofnadwy yng nglofa Senghennydd yn ne Cymru.

Dim ond wyth oed oedd John Williams pan symudodd ef a'i deulu o un o bentrefi chwareli llechi'r gogledd i ardal y pyllau glo. Edrychai ymlaen at ei ben-blwydd yn dair ar ddeg er mwyn cael dechrau gweithio dan ddaear. Ond roedd cwmwl du ar ei ffordd i Senghennydd ...

DARN BACH O BAPUR
Angharad Tomos

Nofel am frwydr teulu'r Beasleys dros y Gymraeg 1952-1960

Gwasg Carreg Gwalch

£5.99

Rhestr fer Gwobr Tir na-nOg 2015

Y GÊM
Gareth F. Williams

Nofel am yr ysbaid o heddwch a gafwyd ar Ddydd Nadolig 1914, yn ystod y Rhyfel Mawr

Gwasg Carreg Gwalch

£5.99

Enillydd Gwobr Tir na-nOg 2015

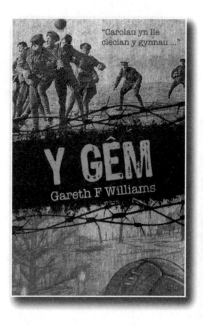

PAENT!
Angharad Tomos

*Nofel am Gymru 1969 –
Cymraeg ar arwyddion
ffyrdd a'r Arwisgo yng
Nghaernarfon*

Gwasg Carreg Gwalch
£5.99

Yn y Dre mae pawb wrthi'n peintio, ond peintio adeiladau
maen nhw ...

    Mae cannoedd o bunnoedd wedi eu gwario ar baent. Paent
gwahanol sy'n llenwi byd Robat ac yn newid ei fywyd mewn
tri mis. Ond o ble mae'r paent yn dod, a phwy sy'n peintio?
1969 ydi hi, blwyddyn anghyffredin iawn ...

*Rhestr fer Gwobr
Tir na-nOg 2016*

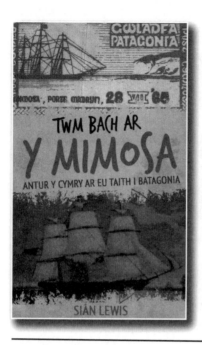

TWM BACH AR Y MIMOSA
Siân Lewis

Nofel am antur y Cymry ar eu taith i Batagonia yn 1865

Gwasg Carreg Gwalch

£5.99

YR ARGAE HAEARN
Myrddin ap Dafydd

Dewrder teulu yng Nghwm Gwendraeth Fach wrth frwydro i achub y cwm rhag cael ei foddi

Gwasg Carreg Gwalch

£5.99

Rhestr fer Gwobr Tir na-nOg 2017

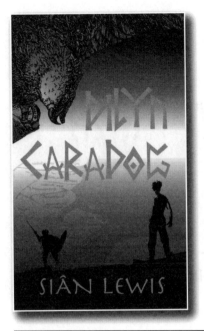

DILYN CARADOG
Siân Lewis

Y Brythoniaid yn gwrthsefyll Ymerodraeth Rhufain dan arweiniad Caradog, ac un llanc yn dilyn ei arwr o frwydr i frwydr nes cyrraedd Rhufain ei hun

Gwasg Carreg Gwalch
£5.99

MAE'R LLEUAD YN GOCH
Myrddin ap Dafydd

Tân yn yr Ysgol Fomio yn Llŷn a bomiau'n disgyn ar ddinas Gernika yng ngwlad y Basg – mae un teulu yng nghanol y cyfan

Gwasg Carreg Gwalch
£5.99

*Rhestr fer Gwobr
Tir na-nOg 2018*

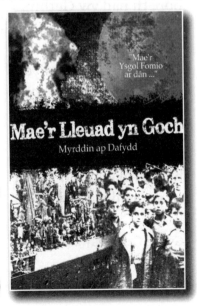

Gethin Nyth Brân
Gareth Evans

Yn dilyn parti Calan Gaeaf, mae bywyd Gethin (13 oed) yn troi ben i waered. Mae'n deffro mewn byd arall. A'r dyddiad: 1713.

Yno mae'n cyfarfod Guto, llanc o'r un oed, ac mae'n cael lloches ar ei fferm, Nyth Brân. Gall Guto redeg fel milgi, mae'n ddewr ac yn bopeth nad yw Gethin.

Yn raddol, mae Gethin yn dod i sylweddoli nad yw byd Guto mor anghyfarwydd wedi'r cyfan. Ond yn bwysicach, mae'n dod i sylweddoli nad yw ef ei hun yn gymaint o lipryn ag yr oedd wedi tybio.

Gwasg Carreg Gwalch
£5.99

Rhestr fer Gwobr Tir na-nOg 2018